Avril 2016

Pour toi Lna [illegible],
en souvenir de
notre rencontre,
Jules a des aventures
et des histoires
à partager avec
toi.

Amicalement

Du même auteur, dans la même série :

Septembre

Octobre

Novembre

Décembre

Janvier

Février

Mars

Mai

Juin

Hubert Ben Kemoun ★ Colonel Moutarde

Avril

L'ANNÉE DE JULES

Un poisson dans le dos

RAGEOT

Pour Nicolas et Nathan.

Cet ouvrage a été imprimé sur un papier
issu de forêts gérées durablement,
de sources contrôlées.

ISBN : 978-2-7002-4385-7
ISSN : 1965-8370

Le premier avril est une occasion rêvée pour faire des blagues.

Léo et moi ne voulions pas la rater.

Avec mon meilleur copain, mercredi après-midi, nous avons découpé des tas de poissons en papier.

Il y en avait des gros qui ressemblaient à des baleines, des plus fins qui faisaient penser à des sardines.

Des longs, des ronds…

Une vraie poissonnerie !

Sur chaque poisson, nous avons écrit un petit message rigolo à accrocher dans le dos de nos camarades.

On pouvait lire des blagues du genre :

ou encore :

Nous étions très fiers de nous. Ils allaient bien rire, les copains et les copines de l'école.

Le matin du premier avril, Léo m'attendait dans la cour. Il était aussi impatient que moi de piéger nos camarades. Nous nous sommes d'abord attaqués à Lucas.

– Salut, tu vas bien ? lui a demandé Léo en lui tapotant le dos.

Lucas n'a pas senti le poisson que Léo venait de lui coller entre les épaules.

« Un jour, je serai beau et intelligent. »

C'était parti pour la pêche !

Ce matin-là, avec nos poissons d'avril, nous avons déclenché les rires de beaucoup de nos camarades.

Pendant que Léo attirait l'attention d'un copain, je m'occupais de son dos…

Mattéo a eu droit à une baleine avec :

« Je suis une saucisse, j'espère devenir un garçon. »

Ludivine à une sorte d'anguille verte sur laquelle on pouvait lire :

« Au goûter, je mange mes crottes de nez ! »

Quand notre maîtresse, mademoiselle Colleu, nous a fait mettre en rang, nous avions déjà piégé huit élèves.

Avec Léo, nous étions les rois de la cour.

– On continue à la prochaine récré, lui ai-je soufflé en rangeant les poissons restants dans mon cartable.

– Bien sûr Jules, c'est trop géant !

Je suis certain que mademoiselle Colleu a remarqué la mine réjouie de ses élèves, mais elle n'a rien dit.

Elle s'est tournée vers le tableau et, de sa jolie écriture, sous la date, elle a écrit :

« LA VERTIGINEUSE. »

J'ai pensé que c'était le titre de la dictée du jour.

Je me trompais…

– Les enfants, cet après-midi nous avons piscine. J'espère que tout le monde a apporté ses affaires, a-t-elle déclaré d'un ton sérieux.

– Oui ! a répondu la classe.

– Aujourd'hui, vous allez participer à la « vertigineuse ».

– C'est quoi ? a demandé Léo pas très rassuré.

– C'est une course d'obstacles dans le grand bassin.

Les bons nageurs ont lancé des « Super ! » et des « Trop génial ! ». Les autres n'ont rien dit, sauf Lucas qui a fait d'un ton inquiet :

– Ceux qui nagent moins bien auront des brassards ou des bouées ?

– Oui, Lucas, a souri la maîtresse.

– Pourquoi ça s'appelle « la vertigineuse » ? ai-je fini par demander.

– Parce que vous devrez nager, mais aussi plonger…

Encore une fois, les meilleurs nageurs de la classe ont poussé des cris de joie.

– … du plongeoir de cinq mètres. Je vous expliquerai. Pour l'instant, sortez vos cahiers de conjugaison.

Un silence de mort est tombé sur toute la classe.

– Du cinq mètres ?! C'est pas possible… J'ai trop le vertige, ai-je murmuré à Léo.

– Moi aussi, c'est horrible ! Même regarder en bas du balcon chez mamie, je n'y arrive pas.

Les bons nageurs avaient complètement perdu leur mine réjouie.

Plus personne n'écoutait la leçon de mademoiselle Colleu.

– Je crois que je vais dire que j'ai oublié mon sac de piscine ! a chuchoté Léo.

– Bonne idée, moi aussi.

– Je vous ai vus avec vos sacs ce matin, les garçons, a souri la maîtresse. Ne vous inquiétez pas. Terminons la leçon sur le verbe être et je vous expliquerai, a-t-elle ajouté.

Ne pas nous inquiéter ?

Notre maîtresse ne se rendait pas compte de notre panique.

Une panique qui enveloppait la classe entière…

Près de la fenêtre, Kenny versait une larme sur son livre et, devant lui, ma copine Clarisse reniflait sans pouvoir s'arrêter.

J'étais aussi angoissé qu'eux.

Pendant l'exercice de conjugaison, je m'imaginais tout en haut du grand plongeoir…

Notre joie de faire des farces avait disparu. Seuls des poissons pouvaient réussir « la vertigineuse ».

Ce début de matinée a été le plus affreux de ma vie, et je sentais que se préparait le plus abominable des après-midi.

Après la leçon, la maîtresse a déclaré :

– Je vous sens un peu inquiets, je me trompe ?

Nous n'avons pas répondu.

– Je vous explique « la vertigineuse »… Vous devrez commencer par plonger dans la piscine, puis nager jusqu'à l'autre bord. Ensuite…

Au secours !

– Dans l'eau du grand bassin, cet après-midi, il y aura… des poissons. Et vous devrez en attraper au moins un.

Nous la regardions avec des yeux aussi ronds que les assiettes à dessert de la cantine.

– Après, vous devrez courir très vite pour aller déposer votre poisson dans un aquarium.

Nous étions tous complètement, mais alors complètement perdus.

– Un poisson ? Un aquarium ? ai-je dégluti. Mais… mais… maîtresse…

– Oui Jules, tu as bien entendu. Un poisson... d'avril ! a annoncé mademoiselle Colleu en éclatant de rire.

– C'est... c'était une blague... une farce ? ai-je bégayé.

– Voyons, Jules, moi qui vous interdis de sauter dans la piscine, tu pensais que j'allais vous envoyer en haut du plongeoir de cinq mètres ? Et courir au bord, vous savez parfaitement que c'est dangereux et interdit.

Des cris et des soupirs de soulagement ont retenti dans toute la classe.

Ils ont duré un bon moment.

– Après tout, un jour comme aujourd'hui, j'ai bien le droit de faire des farces moi aussi. Allez, sortez en récréation, a dit mademoiselle Colleu joyeusement.

Dans mon stock de poissons, j'ai attrapé celui sur lequel était écrit :

« Je me suis fait piéger. »

Je l'ai collé dans mon dos.

Léo a écrit sur le sien :

« Je suis le plus gros des poissons. »

Tous les autres poissons seraient pour nos camarades, sauf un.

Celui où j'ai écrit : « Piégeuse piégée. »

Mademoiselle Colleu l'avait bien mérité.

Je me suis promis de le lui accrocher avant la fin de la journée.

Pourquoi pas sur son maillot à la piscine, cet après-midi ?

Ça n'allait pas être facile.

Notre maîtresse est une sacrée championne, en poissons… d'avril !

Dans la même série :

La surprise des surprises

Tous à la fête

Qui a peur du contrôle ?

C'est si long d'attendre !

Notre pirate préféré

Le jour des amoureux

De l'argent dans les poches

Notre grande sortie du mois

Prêts pour le spectacle ?

Retrouvez la collection

petit roman

sur WWW.RAGEOT.FR

PAPIER À BASE DE FIBRES CERTIFIÉES

RAGEOT s'engage pour l'environnement en réduisant l'empreinte carbone de ses livres. Celle de cet exemplaire est de :
238 g éq. CO_2
Rendez-vous sur www.rageot-durable.fr

Achevé d'imprimer en France en février 2015
par l'imprimerie Clerc.
Dépôt légal : février 2015
N° d'édition : 6324 – 02

Introduction

Ce livre a pour but d'aider les jardinières d'enfants et tous ceux qui s'occupent des petits à renouveler leur répertoire traditionnel de jeux, tout en initiant ceux-ci à la découverte du rythme.

L'enfant a besoin de s'ébattre, de se dépenser, mais non d'une manière désordonnée qui le laisse essoufflé, haletant. Il faut l'aider à imiter, à se mouvoir, à entendre avec justesse, harmonie, rigueur. Cette progression GESTE – MOUVEMENT – RYTHME lui permettra de parvenir à la créativité par le jeu, le mime, la comptine, la saynète, la danse.

Par le GESTE l'enfant apprendra à observer, à être précis, à se discipliner.

Par exemple : l'animatrice dit « Je suis un arbre » et lève les 2 bras. Les enfants la regardent et l'imitent.

Ou encore : l'animatrice dessine un cercle sur le sol et se place sur le pourtour. Les enfants la rejoignent et sont... « le soleil ».

Par le MOUVEMENT l'enfant apprendra à être attentif, à sentir son équilibre, à découvrir des signes.

L'animatrice dit : « l'arbre est secoué par le vent » en remuant ses bras. Les « enfants-arbres » agitent leurs bras.

L'animatrice dit : « le soleil tourne ». Les enfants tournent autour du cercle.

Par le RYTHME l'enfant apprendra à entendre, à évoluer, à créer avec les autres.

L'animatrice tape un rythme simple sur le tambourin : « Pan-Pan ». Les branches des « arbres » bougent à ce rythme.

Même rythme simple « Pan-Pan », et le « soleil » tourne d'un côté puis de l'autre.

Nous avons donné comme titre à

cet ouvrage : « LES PETITS JOUENT AVEC LES RYTHMES » car c'est à travers eux que l'enfant peut s'exprimer.

Dans les pages qui vont suivre vous trouverez le jeu qui les amusera tout en développant leur sens du rythme et même, peut-être, éveillera en eux une passion pour un art.

Ce livre est divisé en 3 grands chapitres.

LES BASES RYTHMIQUES

Cette partie comporte des idées pour concrétiser le rythme avec des instruments et des explications simples pour battre le rythme avec les enfants.

Ce premier chapitre comprendra 3 parties :

- Les instruments

Des idées pour fabriquer des instruments simples.

- Connaissance et approche du rythme

Un peu de solfège pour rappeler ou expliquer les premiers éléments.

- Les rythmes

Des rythmes de base : 2/4 – 3/4 – 4/4.

LES JEUX

L'animatrice pourra faire un choix parmi 3 groupes de jeux :

- Les jeux très faciles.
- Les jeux faciles.
- Les jeux plus difficiles.

L'animatrice pourra seule faire un choix en tenant compte de l'âge, de la compréhension, de la maturité des enfants qui lui sont confiés. Certains enfants de 3 ans, par exemple, pourront réaliser les jeux faciles, et d'autres, du même âge, les jeux très faciles.

Les jeux plus difficiles sont réservés aux plus grands.

LES HISTOIRES RYTHMÉES

Ces histoires et explications de mouvement, souvent accompagnées d'une musique simple, pourront être « travaillées » durant l'année pour la préparation d'une fête.

Les bases rythmiques

Vous trouverez dans cette première partie des idées pour concrétiser le rythme avec des instruments, des explications simples pour battre le rythme avec les enfants et des exemples de rythmes.

LES INSTRUMENTS

Tout son répété forme un rythme.

Nous sommes généralement habitués à considérer que ces **rythmes** peuvent être **produits par des instruments de musique, soit traditionnels** (piano, batterie, timbales, triangle, guitare, contrebasse, violoncelle, harpe, saxophone, clarinette, etc.), **soit modernes** (vibraphone, xylophone, instruments Bachet, Pianola, etc.).

Mais habituons-nous à considérer que les **rythmes peuvent** être également **produits de bien d'autres manières.** Par exemple :

- par des éléments extérieurs naturels : vent, vagues, tonnerre, écho, feuilles des arbres, cris d'animaux ;
- par des moyens propres à l'homme : mains, pieds, voix ;
- par des engins fabriqués par l'homme : charrette, train, avion, cloche, sirène, etc.

Avec différents éléments usuels on pourra fabriquer des instruments que l'on utilisera pour battre les rythmes ; voici quelques exemples :

AVEC DES OBJETS DIVERS

● Des bouteilles

Prendre 3 bouteilles, les disposer en demi-cercle sur le sol ou sur une table. La première restera vide, la deuxième à moitié remplie d'eau, la troisième pleine d'eau.

Prendre une cuiller en bois ou en métal, ou une baguette de bois dur. En frappant chaque bouteille on obtiendra un son différent.

● Des boîtes de conserves

Aligner sur le sol (ou sur une table)

2 boîtes de conserves. Les frapper avec une cuiller de bois que l'on tiendra dans la main droite et une cuiller de métal que l'on tiendra dans la main gauche.

- **Des casseroles**

A utiliser de la même manière que les boîtes de conserves.

- **Des couvercles**

Prendre 2 couvercles de casserole, un dans chaque main, et les heurter comme des cymbales.

- **Des pots de fleur**

Poser sur le sol (ou sur un tabouret) un simple pot de terre et le frapper avec une cuiller de bois ou une baguette de bois dur.

Enrichir l'expérience avec un pot rempli de terre.

- **Des boîtes à œufs**

Prendre 2 boîtes à œufs, les remplir de graviers de grosseurs différentes, les fermer hermétiquement avec du ruban adhésif.

Une boîte dans chaque main, les secouer comme des maracas.

- **Des billes**

Mettre une dizaine de billes dans un pot à confiture muni d'un couvercle vissé et le fermer.

On pourra soit secouer le pot, soit faire rouler les billes en agitant le récipient de droite à gauche dans un mouvement tournant.

- **Du métal**

Prendre dans la main gauche une plaque de métal. En la frappant de la main droite avec une cuiller de bois (ou une baguette de bois), la plaque résonnera.

On peut laisser le son se prolonger ou l'atténuer, et même l'arrêter en posant la main sur la plaque.

- **Du bois**

2 cuillers (ou 2 baguettes) de bois, une dans chaque main, que l'on frappe l'une contre l'autre.

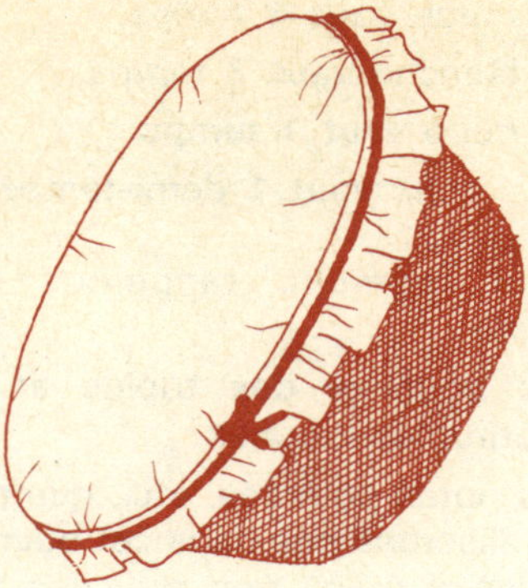

- **Des graviers**

Prendre une cuvette, en remplir le fond de graviers, la couvrir d'un tissu maintenu par un élastique (ou une ficelle) et la secouer comme des maracas.

- **Des cailloux**

Prendre 2 gros cailloux, un dans chaque main, et les heurter.

- **Du papier**

Prendre du papier de soie et le froisser dans les mains.

- **Des herbes**

Une herbe sifflante (tige de pissenlit) glissée entre les 2 pouces et sur laquelle on souffle.

- **Divers objets rassemblés**

Grouper sur un plateau une petite bouteille de bière pleine d'eau et une autre vide, un verre à moutarde solide. Les frapper avec une cuiller de métal.

Assembler par un ruban plusieurs grelots en faisant un nœud après chaque grelot, et les secouer. Ils pourront, à l'occasion, être attachés aux poignets et aux chevilles.

AVEC DES INSTRUMENTS SIMPLES

Avec des instruments simples, vous pourrez battre différents rythmes : tambourin, pipeau, flûte indienne, clochettes, clarines, harmonica, castagnettes, crécelle, triangle, maracas, mirliton, claquoir en bois, tam-tam, claquettes.

Parfois il est possible de perfectionner l'utilisation d'un instrument. Par exemple :

assembler 2 tambourins sans sonnailles soit avec une ficelle, soit par petits morceaux de fil de métal,

fabriquer une mailloche : prendre une cuiller de bois, recouvrir la partie large de coton puis d'un carré de tissu lié à la base par une petite ficelle,

frapper les 2 tambourins avec la mailloche ainsi réalisée.

CONNAISSANCE ET APPROCHE DU RYTHME

Il n'est pas question d'apprendre le solfège à des tout petits, mais plutôt d'essayer de les habituer au sens du rythme et leur apprendre, en jouant, le nom et la valeur des notes.

Voici un rappel-mémoire, pour l'animatrice, de la valeur des notes et une série de rythmes simples, qui pourront lui servir de références tout au long de cet ouvrage.

PREMIERS ÉLÉMENTS DE SOLFÈGE en restant dans les valeurs de notes les plus simples :

la ronde, la blanche, la noire, la croche.

La ronde vaut 4 temps.

La blanche vaut 2 temps.

La noire vaut 1 temps.

La croche vaut 1 demi-temps.

Pour mémoire rappelons qu'il existe

des doubles, des triples et des quadruples croches,

des notes pointées, etc., que nous n'utiliserons pas dans cet ouvrage, celles-ci étant trop difficiles pour les petits enfants.

TABLEAU DES VALEURS DE NOTES JUSQU'AUX CROCHES

La ronde vaut 2 blanches, ou 4 noires, ou 8 croches.

La blanche vaut 2 noires, ou 4 croches.

La noire vaut 2 croches.

POUR APPRENDRE AUX ENFANTS A FRAPPER DES RYTHMES SIMPLES, l'animatrice choisira :

la mesure à 2/4 : 2 temps.

la mesure à 3/4 : 3 temps.

la mesure à 4/4 : 4 temps.

2 temps = 2 frappes égales.

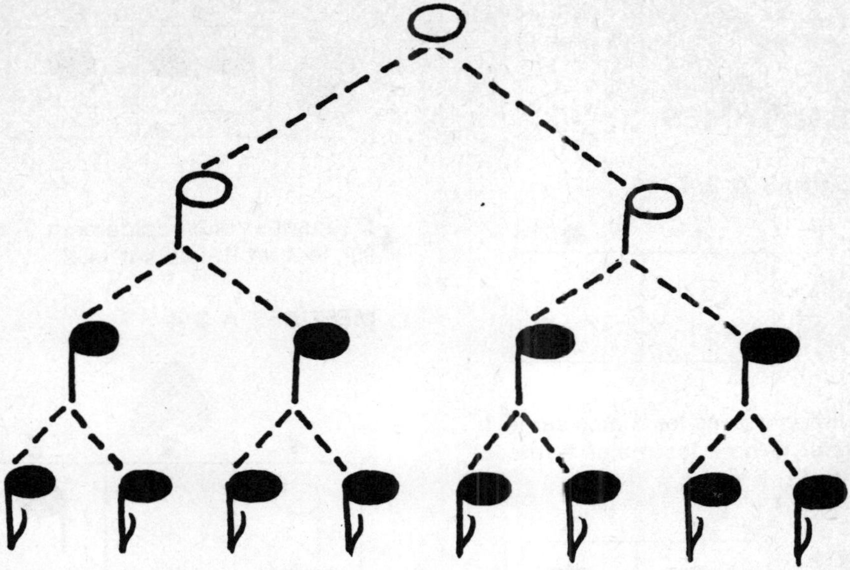

tableau des valeurs des notes

3 temps = 3 frappes égales.

4 temps = 4 frappes égales.

Les enfants frappent simplement dans leurs mains à l'imitation de la jardinière, en enchaînant plusieurs fois le même rythme et en comptant à haute voix.

Ci-dessous vous trouverez quelques exemples de rythmes, à 2/4, à 3/4 et à 4/4.

Chaque rectangle représente une mesure. Ils sont divisés en 2, 3 ou 4 cases, qui chacune figure un temps.

Sur ces temps les enfants frappent dans leurs mains 1, 2, 3 ou 4 fois suivant les notes portées dans les cases.

Pour plus de clarté détaillons ensemble chacun de ces exemples.

LES RYTHMES

MESURES A 2/4

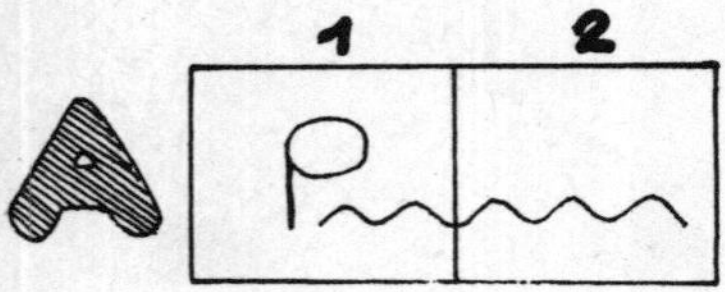

A. Frapper dans les mains sur le 1 et tenir la note les mains fermées sur le 2.

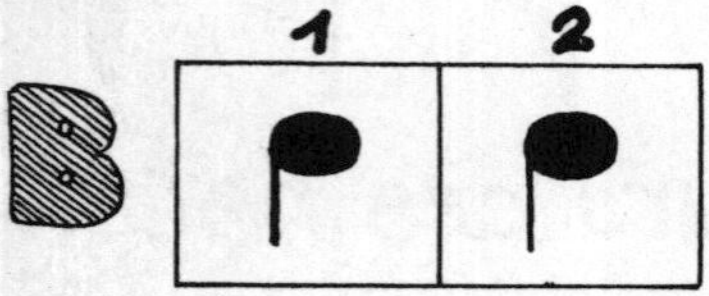

B. Frapper dans les mains sur le 1 et sur le 2.

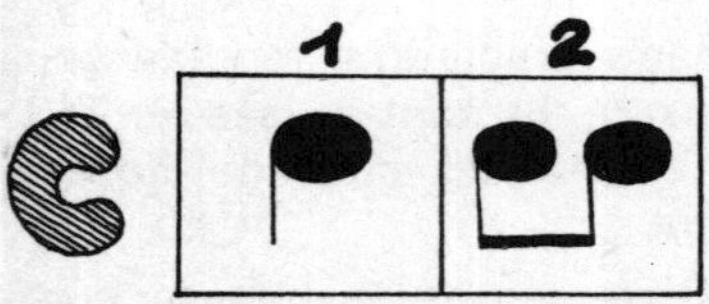

C. Frapper sur le 1 et 2 fois sur le 2 plus rapidement.

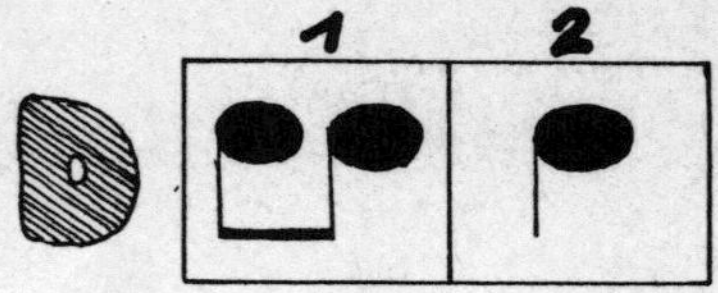

D. Frapper plus rapidement 2 fois sur le 1 et 1 fois sur le 2.

MESURES A 3/4

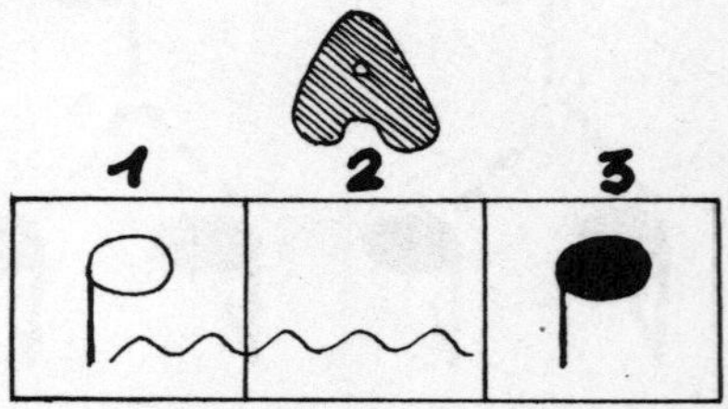

A. Frapper sur le 1, tenir la note les mains fermées sur le 2, frapper sur le 3.

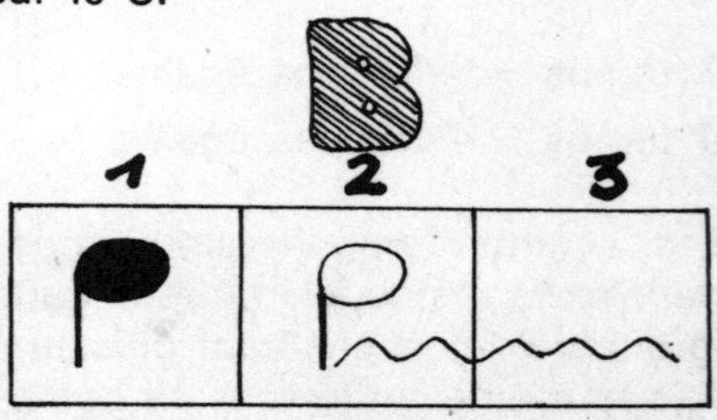

B. Frapper sur le 1, frapper sur le 2 et tenir la note les mains fermées sur le 3.

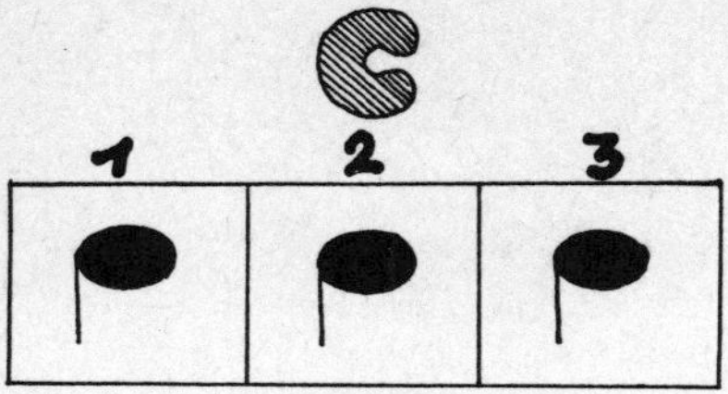

C. . Frapper sur le 1, sur le 2 et sur le 3.

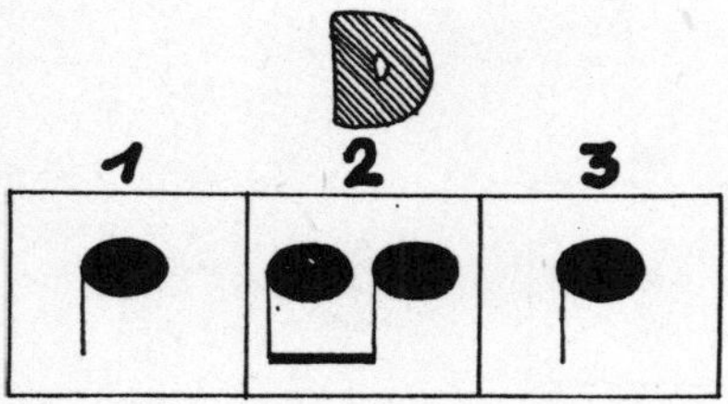

D. Frapper sur le 1, frapper 2 fois plus rapidement sur le 2, frapper sur le 3.

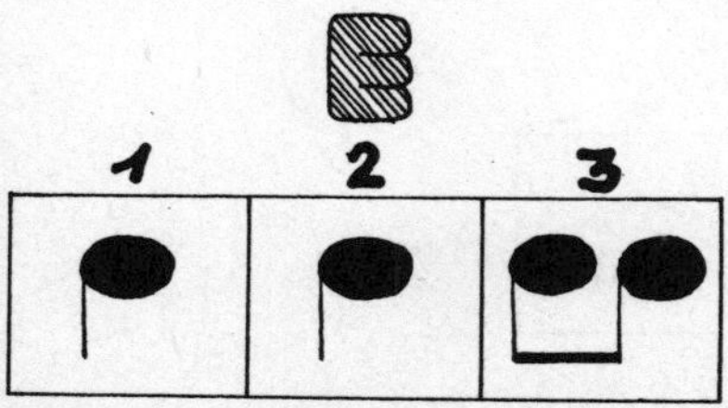

E. Frapper sur le 1, frapper sur le 2, frapper 2 fois plus rapidement sur le 3.

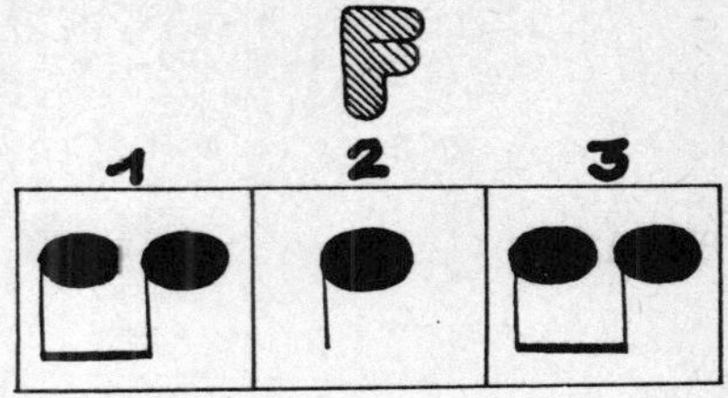

F. Frapper 2 fois plus rapidement sur le 1, frapper 1 fois sur le 2, frapper 2 fois plus rapidement sur le 3.

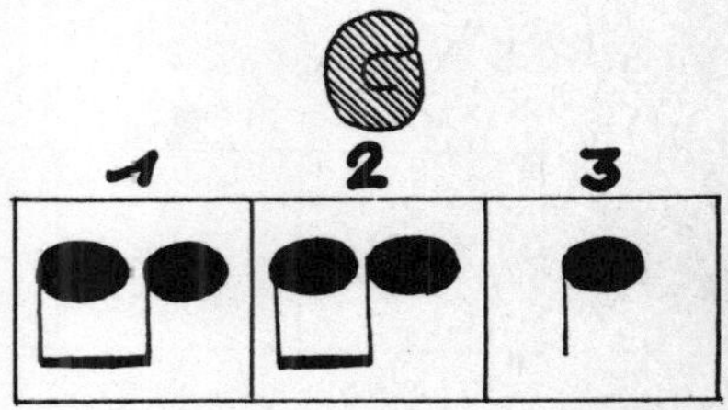

G. Frapper 2 fois plus rapidement sur le 1, frapper 2 fois plus rapidement sur le 2, frapper 1 fois sur le 3.

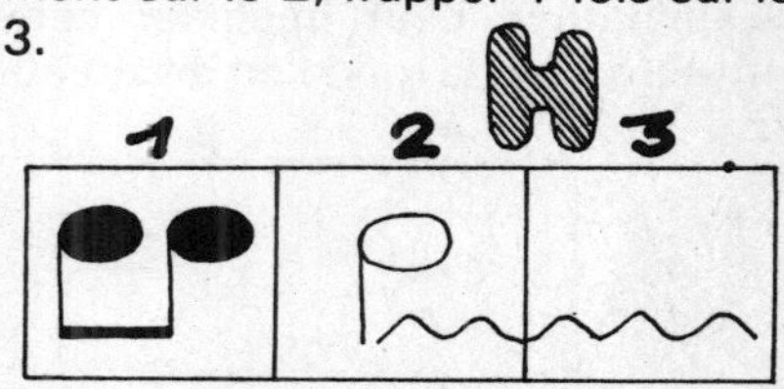

H. Frapper 2 fois plus rapidement sur le 1, frapper 1 fois sur le 2 et tenir la note les mains fermées sur le 3.

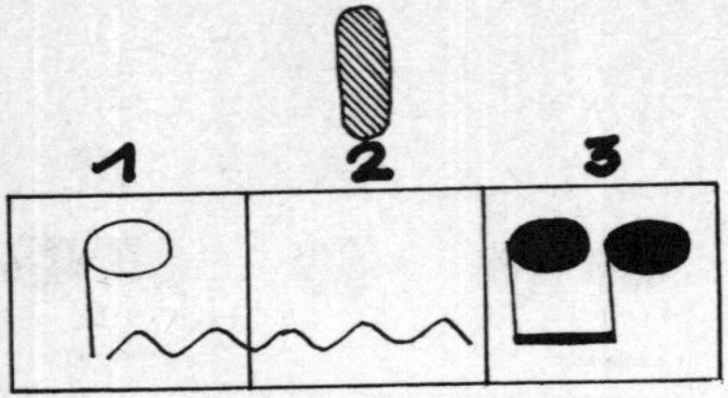

I. Frapper sur le 1 et tenir la note les mains fermées sur le 2, frapper 2 fois plus rapidement sur le 3.

MESURES A 4/4

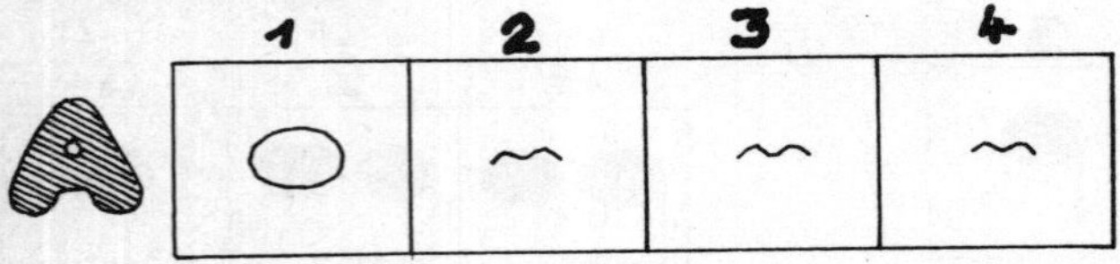

A. Frapper sur le 1, garder les mains fermées en comptant jusqu'à 4 (ouvrir les mains après 4).

L'animatrice peut imaginer cette mesure avec la ronde en disant aux enfants : « je frappe et j'enferme la grosse note dans mes mains ». Au quatrième temps, ouvrir les mains pour que la grosse note s'envole.

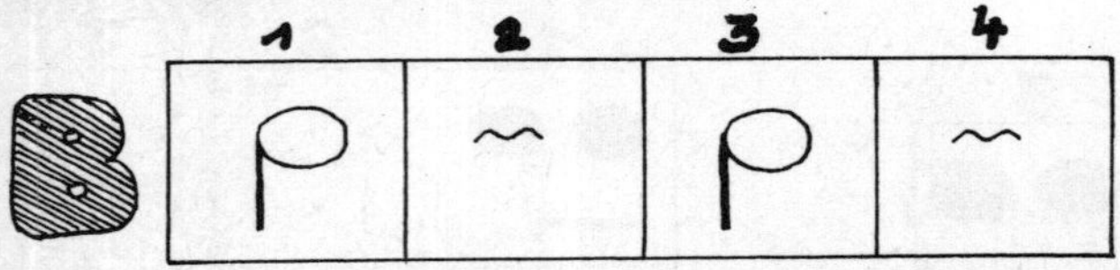

B. Frapper dans les mains sur le 1, garder les mains fermées sur le 2, frapper sur le 3, et garder les mains fermées sur le 4.

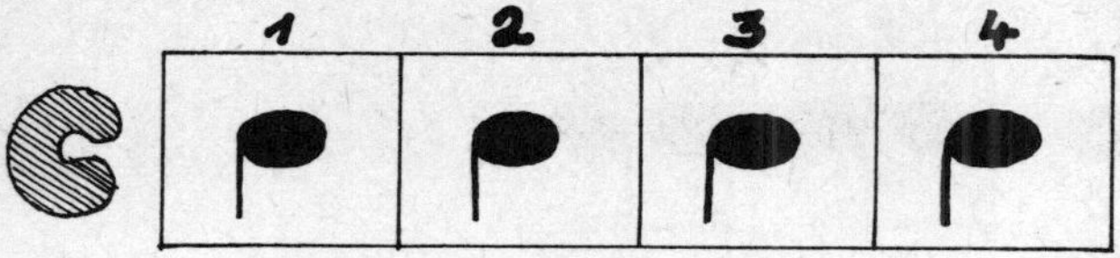

C. Frapper régulièrement 4 fois dans les mains.

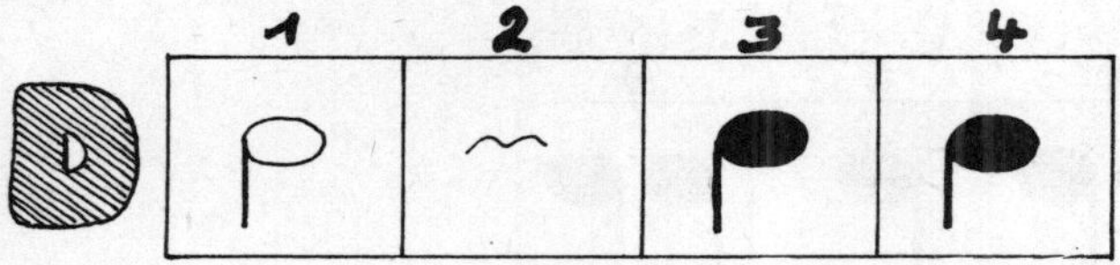

D. Frapper sur le 1 et garder les mains fermées sur le 2, frapper sur le 3 et sur le 4.

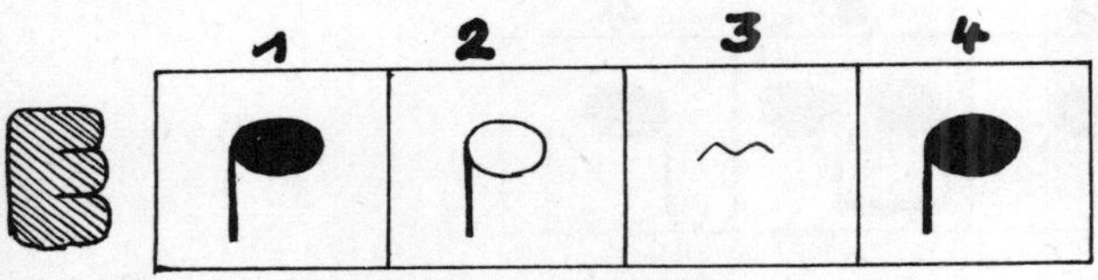

E. Frapper sur le 1, frapper sur le 2 et garder les mains fermées sur le 3, frapper sur le 4.

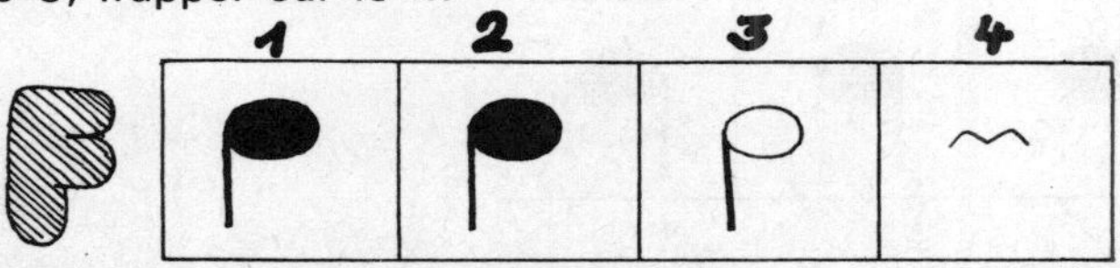

F. Frapper sur le 1, frapper sur le 2, frapper sur le 3 et garder les mains fermées sur le 4.

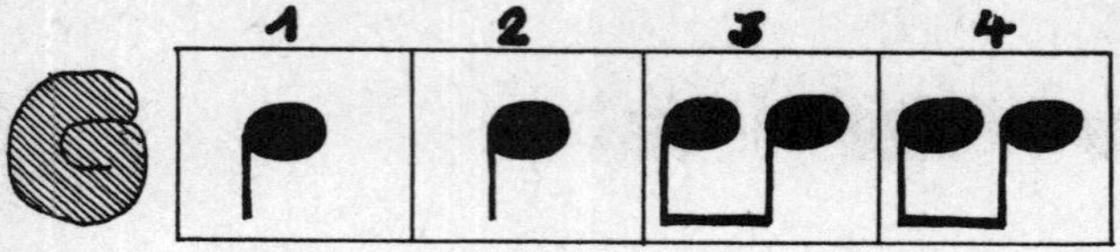

G. Frapper sur le 1, frapper sur le 2, frapper 2 fois plus rapidement sur le 3 et sur le 4.

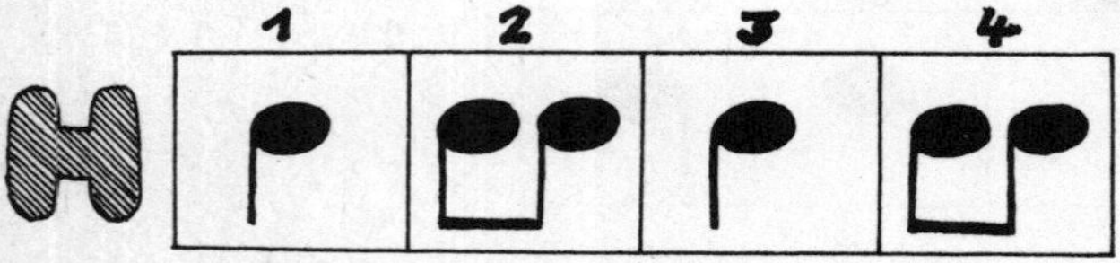

H. Frapper sur le 1, frapper 2 fois plus rapidement sur le 2, frapper sur le 3, frapper 2 fois plus rapidement sur le 4.

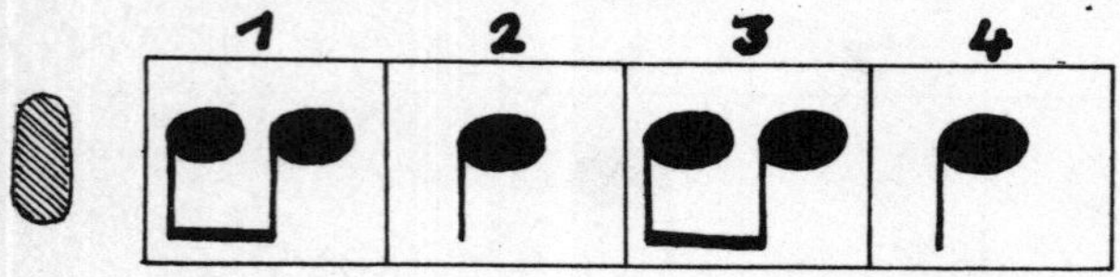

I. Frapper 2 fois plus rapidement sur le 1, frapper sur le 2, frapper 2 fois plus rapidement sur le 3, frapper sur le 4.

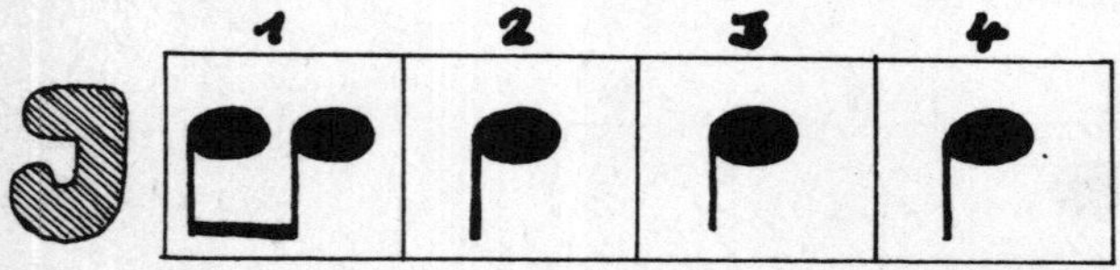

J. Frapper 2 fois plus rapidement sur le 1, frapper sur le 2, frapper sur le 3, frapper sur le 4.

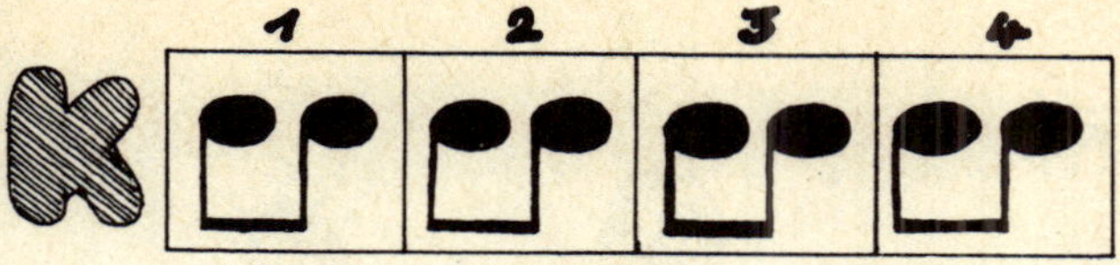

K. Frapper 2 fois plus rapidement sur le 1, sur le 2, sur le 3, sur le 4.

L'animateur, s'étant imprégné de ces principes de base, pourra amener les enfants à la connaissance du rythme et à la valeur des notes, grâce aux petits exercices que nous allons présenter dans les pages suivantes.

Petits jeux sur les valeurs de notes

Mettre les enfants, se donnant la main, sur une ligne, l'animatrice devant eux.

LA RONDE

L'animatrice pointe son pied droit en avant (1), ensuite sur le côté (2), ensuite en arrière (3). Elle rassemble son pied droit près du pied gauche à (4).

Les enfants, derrière l'animatrice, imitent

soit en comptant « 1 – 2 – 3 – 4 »

soit en psamoldiant

« ron – on – on – de »
1 2 3 4

LA BLANCHE

Toujours sur le même principe de ligne, avec l'animatrice servant de modèle :

pied droit pointé en avant (1) puis flexion des 2 genoux en ramenant le pied droit (2),

pied gauche pointé en avant (1), flexion des 2 genoux en ramenant le pied gauche (2).

Les enfants derrière l'animatrice imitent

soit en comptant « 1 – 2, 1 – 2 »

soit en psalmodiant

« Blan – che, Blan – che »
1 2 1 2

LES NOIRES

Même principe : cette fois l'animatrice marche normalement en comptant 1 temps par pas.

Les enfants comptent

« 1 – 2 – 3 – 4 »

ou

« noire, noire, noire, noire »
1 2 3 4

LES CROCHES

Même principe : l'animatrice court sur des petits pas en comptant 2 pas courus pour 1 temps.

Les enfants comptent :

soit « un–un deux–eux trois–ois qua–atre »

1 2 3 4

soit

« croche–croche croche–croche croche–croche croche–croche »

1 2 3 4

Les jeux

Les instruments et les rythmes des « bases rythmiques » serviront aux « jeux » que nous classerons en 3 parties :

- Jeux très faciles.
- Jeux faciles.
- Jeux plus difficiles.

Nous n'indiquons pas, volontairement, l'âge des enfants.

Dans un même groupe, seule l'animatrice sera à même de savoir si les enfants sont aptes à exécuter les jeux très faciles, faciles ou plus difficiles. Elle seule les connaît et sait fort bien que tous les enfants de 4 ans, par exemple, n'ont pas les mêmes aptitudes, De son bon choix dépendra la réussite du jeu.

Pour chacun de ces jeux il faut, naturellement, des joueurs, quelques accessoires qui varient selon le jeu et la personne qui en sera l'animatrice.

Elle devra toujours expliquer clairement le jeu,

faire le geste et demander aux enfants de l'imiter,

animer ce geste (le mouvement) sans le rythme,

puis battre le rythme choisi

plusieurs fois avant de demander aux enfants de rythmer leurs mouvements.

Souvent une histoire, un dessin, un petit poème transformeront un simple jeu en mime, saynète, comptine, danse...

Les jeux de chaque partie sont classés par ordre progressif du plus simple au plus difficile.

Pour chaque jeu nous indiquons :

le nombre de joueurs optima,

les accessoires employés par les joueurs,

le geste,

le mouvement,

le rythme et l'instrument utilisé par l'animatrice, l'un et l'autre n'étant que des suggestions que chacun adoptera suivant ses possibilités (tel ou tel instrument) et les capacités des enfants.

Dans chacun de ces jeux on trouvera toujours la progression « geste – mouvement – rythme ».

Ce dernier tient un rôle primordial : il est le but du jeu, l'enfant y est actif, il y apporte ses sensations, s'y intègre, le fait vivre... et le but éducatif est atteint.

Jeux très faciles

Pour quelques-uns de ces jeux nous avons utilisé des accessoires simples qui se trouvent habituellement de façon courante dans les collectivités d'enfants : un paravent, des cerceaux, des baguettes de bois, des grelots, des fleurs, des ballons, des éventails...

Pour d'autres simplement un dessin au sol tracé à la craie est nécessaire.

Certains jeux sont accompagnés d'une histoire. L'animatrice pourra, si elle le juge utile, agrémenter les jeux avec les accessoires d'une petite histoire (petite promenade à la piscine, le printemps et les fleurs, les voyageurs du Far-West, le voyage en chemin de fer, etc.).

Enfin d'autres jeux sont des « comptines ».

Nous avons volontairement omis les musiques de ces comptines, qui doivent être scandées au rythme de l'instrument choisi sur une cantilène simple pour que l'enfant puisse fixer son attention sur le geste, le mouvement et le rythme sans avoir à retenir une mélodie.

L'animatrice déterminera la durée de ces jeux.

LE PARAVENT

Nombre de joueurs : 5.

Accessoire :

● Un paravent, ou un tableau noir sur pied, ou une étoffe tendue entre 2 supports quelconques.

Rythme : 4/4.

Instrument : Au choix de l'animatrice.

JEU

Les joueurs sont cachés derrière le paravent et viennent vers l'animatrice lorsque celle-ci bat le rythme. Ils vont se cacher derrière le paravent lorsqu'elle s'arrête.

A la fin du jeu, les enfants forment un cercle devant le paravent et tournent au rythme. Lorsque le rythme cesse ils s'asseyent par terre.

LA PENDULE

Nombre de joueurs : Au choix de l'animatrice.

Accessoires :

● Un balancier de pendule, ou un métronome.

Rythme : 2/4.

Instrument : Le balancier et les mains.

JEU

Faire écouter aux enfants un balancier de pendule (ou un métronome).

Mettre les enfants en cercle. L'animatrice se place au centre du cercle, debout, jambes écartées, et devient « pendule ».

Elle frappe dans ses mains régulièrement en disant « TIC-TAC » et en se balançant.

Les enfants frappent dans leurs mains avec elle, puis seuls, en disant « TIC-TAC ».

Lorsque la « pendule » s'arrête, le jeu est terminé.

LES CERCEAUX

Nombre de joueurs : 12.

Accessoires :

- 3 cerceaux.

Geste : L'animatrice installe les cerceaux sur le sol, à petite distance les uns des autres, et place 4 enfants autour de chacun d'eux, bras le long du corps, pieds joints.

Mouvement : Les enfants sautent pieds joints à l'intérieur du cerceau puis à l'extérieur.

Rythme : 4/4.

Instrument : Tambourin.

JEU

L'animatrice bat le rythme plusieurs fois. Les enfants l'écoutent.

Ils doivent ensuite sauter à l'intérieur du cerceau, puis à l'extérieur, au rythme du tambourin.

A la fin du jeu, chaque groupe prend son cerceau à 2 mains et l'élève au niveau de la taille.

LES BALANÇOIRES

Nombre de joueurs : Des petits groupes de 2 joueurs.

Geste : Les enfants sont placés 2 par 2, face à face, assis sur le sol pieds contre pieds, en se donnant les mains.

Mouvement : Avant-arrière sans lâcher les mains.

Rythme : 2/4.

Instrument : Tambourin.

JEU

L'animatrice bat le rythme plusieurs fois. Les enfants l'écoutent.

A son signal ils se balancent au rythme du tambourin.

A la fin du jeu, les enfants se lèvent en se tenant toujours par la main, face à face.

LES BAGUETTES

Nombre de joueurs : Au choix de l'animatrice.

Accessoires :

- 2 baguettes de bois par joueur.

Geste : Les baguettes sont sur le sol devant chaque enfant qui doit se baisser et les ramasser, une dans chaque main.

Mouvement : Frapper les baguettes l'une contre l'autre.

Rythme : 2/4.

Instrument : 2 cailloux.

JEU

L'animatrice bat plusieurs fois le rythme avec les 2 cailloux. Les enfants l'écoutent. Ils doivent le battre à leur tour en heurtant les baguettes l'une contre l'autre.

LA MARELLE

Nombre de joueurs : Au choix de l'animatrice.

Accessoire :

- Marelle dessinée sur le sol (voir croquis).

Geste : Les enfants sont placés en ligne devant la marelle, debout, jambes serrées, bras le long du corps.

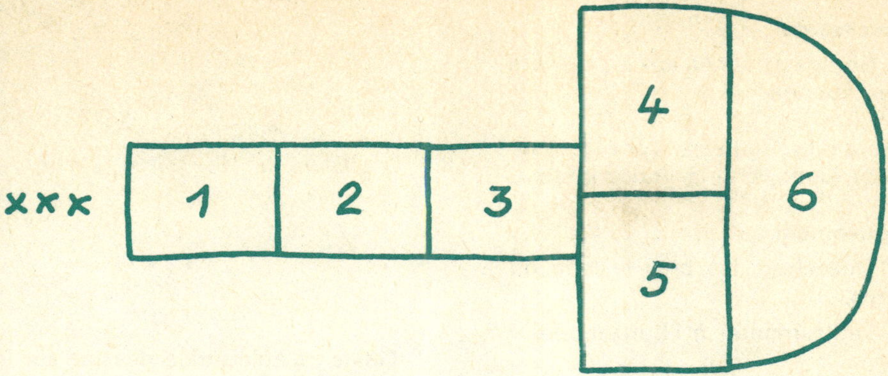

Mouvement : Lorsque le premier enfant fait son mouvement, le second prend sa place et ainsi de suite...

1. Saut à pieds joints dans le carré 1.
2. Saut à pieds joints dans le carré 2.
3. Saut à pieds joints dans le carré 3.
4. Saut jambes écartées dans les carrés 4 et 5.
5. Saut à pieds joints dans le carré 6.

Sortir de la marelle et revenir se mettre en ligne.

Rythme : 4/4.

Instrument : Les mains.

JEU

L'animatrice bat le rythme plusieurs fois. Les enfants l'écoutent puis le battent avec leurs mains.

L'animatrice donne le signal du départ au premier enfant, puis au deuxième, etc., et le jeu s'enchaîne au rythme des battements de mains, scandés par l'animatrice et par les enfants qui sont en file devant la marelle.

A la fin du jeu les enfants font une ronde autour de la marelle.

LES GRELOTS

Nombre de joueurs : Au choix de l'animatrice.

Accessoires :

- Grelots attachés aux 2 poignets des joueurs.

Geste : Les enfants sont debout, pieds joints, bras à l'horizontale.

Mouvement :

1. Descendre les bras le long du corps.
2. Les remonter à l'horizontale.

Rythme : 4/4.

Instrument : Maracas.

JEU

L'animatrice bat plusieurs fois le rythme avec les maracas. Les enfants l'écoutent. Ils doivent le battre à leur tour en répétant le mouvement.

A la fin du jeu, les enfants lèvent leurs bras au-dessus de leur tête en agitant les grelots.

LES FLEURS

Nombre de joueurs : 12.

Accessoires :

- 2 fleurs par enfant.

Geste : L'animatrice dessine sur le sol l'emplacement des enfants (voir dessin). Chaque enfant s'installe sur sa marque, une fleur dans chaque main.

Mouvement : Lever les bras au-dessus de la tête et agiter les mains.

Rythme : 4/4.

Instrument : Tambourin.

JEU

Le rythme est battu plusieurs fois par l'animatrice au tambourin. Les enfants l'écoutent. Puis ils devront lever les bras et agiter les fleurs au rythme battu.

Le jeu se termine avec les bras croisés sur la poitrine.

LES TORTUES

Pour ce jeu, comme les enfants doivent se mettre sur le dos, choisir un emplacement convenable : sol recouvert de moquette à l'intérieur, gazon à l'extérieur. Ou prévoir une natte par enfant.

Nombre de joueurs : Au choix de l'animatrice.

Geste : Les enfants forment un cercle :

1. Assis, jambes repliées.
2. Sur le dos, jambes repliées.

Mouvement : Passage de la position assise à la position sur le dos. Dans cette dernière position, agiter les jambes.

Rythme : 4/4.

Instrument : 2 cailloux.

JEU

L'animatrice bat plusieurs fois le rythme. Les enfants l'écoutent.

Lorsque le rythme est battu, les « tortues » gigotent sur le dos. Lorsque le rythme s'arrête, les « tortues » passent dans la position assise.

HISTOIRE MIMÉE

Dans un joli jardin vivaient des tortues bien mignonnes, bien sages, bien obéissantes (enfants assis, jambes repliées).

Alors, pour leur faire plaisir, Maman Tortue jouait pour elles, et les tortues, heureuses, agitaient leurs pattes (sur le dos jambes repliées, les agiter).

LES BALLONS

Nombre de joueurs : Au choix de l'animatrice.

Accessoires :

- Un ballon par joueur.
- Un cercle dessiné à la craie sur le sol.

Geste : Chaque enfant est assis par terre, jambes écartées, et tient dans ses mains un ballon.

Mouvement : Chaque enfant frappe le sol avec son ballon.

Rythme : 2/4.

Instrument : Tam-tam.

JEU

L'animatrice bat le rythme plusieurs fois au tam-tam. Les enfants l'écoutent, puis doivent le battre à leur tour en tapant le ballon par terre.

A la fin du jeu les enfants font rouler le ballon vers le centre du cercle.

LES ÉVENTAILS

Nombre de joueurs : Au choix de l'animatrice.

Accessoires :

- Un éventail par joueur.

Geste : Les enfants sont assis sur leurs talons. Ils tiennent dans leurs mains un éventail fermé.

Mouvement : Ils ouvrent et ferment leur éventail en s'aidant de leurs 2 mains.

Rythme : 3/4.

Instrument : Tambourin.

JEU

L'animatrice bat le rythme plusieurs fois. Les enfants l'écoutent puis ils ouvrent et ferment leur éventail en suivant le rythme.

Le jeu se termine en cachant le visage derrière l'éventail ouvert.

LE PETIT TRAIN DU FAR-WEST

Nombre de joueurs : Au choix de l'animatrice.

Accessoire :

- Une grande corde à sauter.

Geste : Etaler la corde à sauter sur le sol. Placer les enfants, alternés, de chaque côté de la corde, jambes serrées, bras le long du corps. Un groupe a le bras droit le long de la corde, l'autre groupe le bras gauche.

Mouvement : S'accroupir, prendre la corde, se relever, avancer.

Rythme : 2/4.

Instrument : Sifflet.

JEU

L'animatrice siffle le rythme plusieurs fois. Les enfants l'écoutent puis accompagnent le sifflet en disant « TCHOU-TCHOU ». Ils s'arrêtent lorsque le sifflet s'arrête.

Lorsque le « train » est arrivé à la « gare », le jeu est terminé.

LA PISCINE

Nombre de joueurs : 16.

Accessoire :

- Dessin sur le sol (voir croquis).

Geste : L'animatrice est dans la « piscine ». 4 groupes de 4 enfants se tiennent sur chaque bord de la « piscine », debout, pieds joints, bras le long du corps (G1, G2, G3 et G4).

Mouvement : Faire sauter chaque groupe l'un après l'autre dans la « piscine ». Les enfants se donnent ensuite la main et font une ronde autour de l'animatrice, puis retournent sur leur bord.

Rythme : 2/4.

Instrument : Les mains.

JEU

L'animatrice bat plusieurs fois le rythme dans ses mains. Les enfants l'écoutent.

Puis, au signal de l'animatrice,

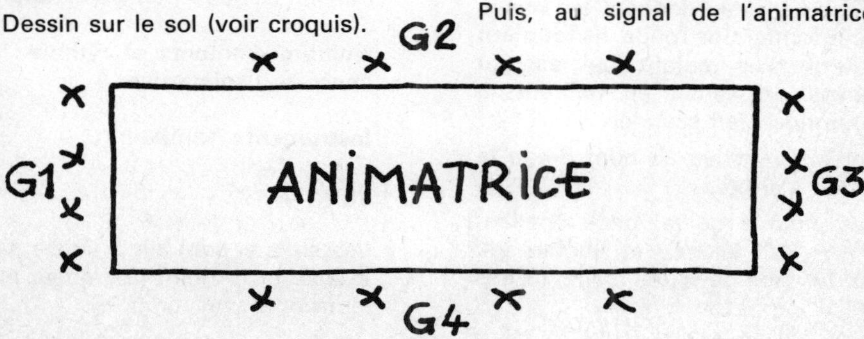

chaque groupe saute dans la « piscine », fait sa ronde et retourne sur le bord toujours en suivant le rythme des mains.

RINGO. Comptine

Le chien du fermier est là (bis)
Son nom est Ringo (bis)
R I N G O (ter, épeler le nom)
Ringo est son nom. O !

Nombre de joueurs : Au choix de l'animatrice.

Accessoires : Les mains.

Rythme et instrument : Au choix de l'animatrice.

JEU

Les enfants se donnent les mains pour former une ronde. Ils tournent autour d'un enfant qui est au centre du cercle en récitant la comptine bien scandée.

Lorsqu'on arrive au nom *Ringo* la ronde s'arrête.

Les enfants de la ronde épellent *R I N G O,* et l'enfant du centre tape dans ses mains (3 fois les 5 lettres de *Ringo*).

Le dernier « vers » de la comptine *Ringo est son nom. O !* est scandé et battu par tous les enfants. A la lettre *« O »* l'enfant du centre en désigne un dans la ronde qui prend sa place et la comptine recommence.

L'animatrice doit d'abord choisir un instrument et un rythme, puis elle dit chaque « vers » de la comptine que les enfants répètent. Puis chaque vers avec le rythme. Puis toute la comptine rythmée.

Elle explique ensuite les mouvements et coordonne le tout : mouvements, comptines, rythme.

LA CHASSE. Comptine

Partons pour la chasse (bis)
Pour la chasse au renard (bis)
Panpan panpan pan pan ! (bis)

Nombre d'enfants et rythme : Au choix de l'animatrice.

Instrument : Tambourin.

JEU

Les enfants sont sur 2 lignes, face à face, et forment une arche avec leurs bras (voir croquis).

Les 2 premiers baissent leurs bras et passent sous les arches. Ils s'arrêtent au bout de la file et reforment une arche avec leurs bras.

2 autres font le même trajet, puis 2 autres... et ainsi de suite.

Tous scandent la comptine et la rythment de leurs pieds au son du tambourin.

QU'EST-CE QUE C'EST ?

Comptine

Nombre d'enfants : Au choix de l'animatrice.

Rythme : 4/4.

JEU

Les enfants sont assis en cercle sur leurs talons. Ils miment chaque vers de la comptine et la terminent en tapant dans les mains.

En montrant l'œil droit : *C'est mon œil joli.*

En montrant l'œil gauche : *C'est son frère.*

En montrant la bouche : *C'est la petite église.*

En prenant le nez entre le pouce et l'index : *Et c'est sa clochette.*

En remuant le nez de droite à gauche : *Ding ! ding ! ding ! ding !*

En chatouillant de la main gauche la paume de la main droite : *Place, jolie place !... Un lièvre la traverse...*

En serrant le pouce gauche avec l'index droit : *Celui-ci l'attrapa.*

En serrant l'index : *Celui-ci le tua.*

En serrant le majeur : *Celui-ci le cuisina.*

En serrant l'annulaire : *Celui-ci le mangea.*

En serrant l'auriculaire : *Et à celui-ci, le pauvre, il ne resta que des miettes !*

VIOLETTA ET VIOLA.

Comptine

Question : *A genoux, petite fille,*
Violetta et Viola.

Réponse : *Je suis à genoux,*
Violetta et Viola.

Question : *Dors, petite fille,*
Violetta et Viola.

Réponse : *Je suis endormie,*
Violetta et Viola.

Question : *Mets ta couronne, petite fille,*
Violetta et Viola.

Réponse : *Je suis couronnée,*
Violetta et Viola.

Question : *Retrouve ton amie, petite fille,*
Violetta et Viola.

Nombre d'enfants : 12 environ.

Rythme : 2/4 ou 4/4.

Instrument : Pipeau.

JEU

Les enfants forment une ronde et tournent en scandant la question.

Un enfant est au centre du cercle, et scande la réponse en la mimant.

A la dernière question : *Retrouve ton amie, petite fille,* l'enfant du centre va choisir un enfant qui est dans la ronde, lui donne un baiser, l'amène au centre du cercle et reprend sa place dans la ronde.

A la fin de la comptine tous les enfants accélèrent la ronde en scandant *Violetta et Viola.*

LE CHEMIN DE FER

Nombre de joueurs : Au choix de l'animatrice.

Accessoire :

- Dessin sur le sol (voir croquis).

Geste : Les enfants sont placés sur les 2 lignes dessinées sur le sol, l'un derrière l'autre. Ils se tiennent par le coude droit replié.

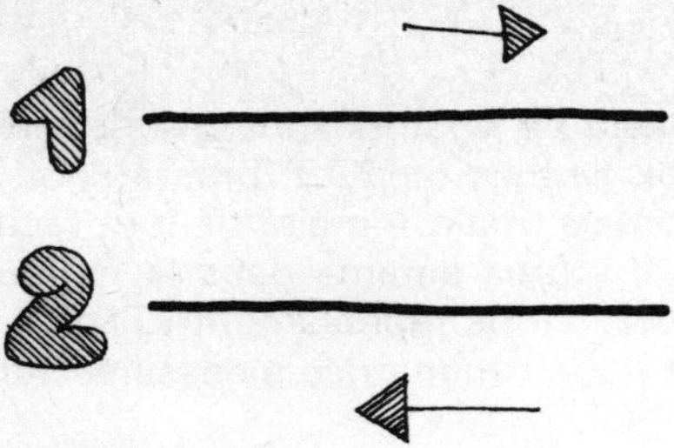

Mouvement :

La ligne 1 avance.

La ligne 2 recule.

Inverser le mouvement.

Rythme : 2/4.

Instrument : Sifflet.

JEU

L'animatrice « chef de gare » siffle le rythme plusieurs fois. Les enfants l'écoutent.

Elle donne ensuite le signal du départ : le « train » s'ébranle et les enfants scandent le rythme en faisant « TEUF-TEUF ».

Lorsque « le chef de gare » ne siffle plus, le jeu est terminé.

Jeux faciles

Ces jeux sont un peu plus élaborés que les « jeux très faciles » tout en utilisant, comme les précédents, soit des accessoires, soit des dessins tracés sur le sol, soit des comptines sans musique à scander sur une cantilène simple pour ne pas détourner l'attention de l'enfant du geste, du mouvement, du rythme.

LES BICYCLETTES

Nombre de joueurs : Au choix de l'animatrice.

Geste : Les enfants sont allongés sur le dos, jambes repliées sur la poitrine.

Mouvement : De bicyclette avec les 2 jambes.

Rythme : 2/4.

Instrument : Les mains.

JEU

Après avoir montré le geste et le mouvement, l'animatrice bat plusieurs fois le rythme. Les enfants l'écoutent puis « pédalent » au rythme, qui devient de plus en plus rapide.

Lorsque les « cyclistes » sont fatigués, ils se remettent debout.

L'ÉCHELLE

Nombre de joueurs : 24 répartis en 2 groupes de 12.

Accessoire :

- Dessin (à plat) d'une échelle sur le sol.

Geste : 6 enfants sont assis sur le sol, jambes tendues, bras à l'horizontale, main à main. Ils font face à 6 autres enfants dans la même position. Ils représentent « l'échelle » que l'animatrice a dessinée sur le sol.

12 enfants sont placés en file devant « l'échelle ».

Mouvement : Les 12 enfants de la file avancent, l'un après l'autre, et sautent à pieds joints les « barreaux de l'échelle » représentés par les jambes tendues des enfants au sol.

Rythme : 2/4.

Instrument : Tam-tam.

JEU

Après avoir écouté le rythme, battu plusieurs fois par l'animatrice, les enfants montent à « l'échelle » au rythme du tam-tam.

Changement de groupe après quelques rythmes : les « grimpeurs » deviennent « échelle ».

A la fin du jeu les « grimpeurs » et « l'échelle » se donnent la main pour former une ronde.

LA FONTAINE

Nombre de joueurs : 16.

Accessoire :

- Dessin sur le sol (voir croquis) : un cercle représentant une « vasque » et au centre du cercle des croix représentant les « jets d'eau ».

Geste : 10 enfants sont placés autour du cercle, debout, pieds joints. Ils se donnent la main : ils sont « la vasque ».

6 enfants sont placés dans le cercle, accroupis, sur l'emplacement des croix : ils sont « les jets d'eau ».

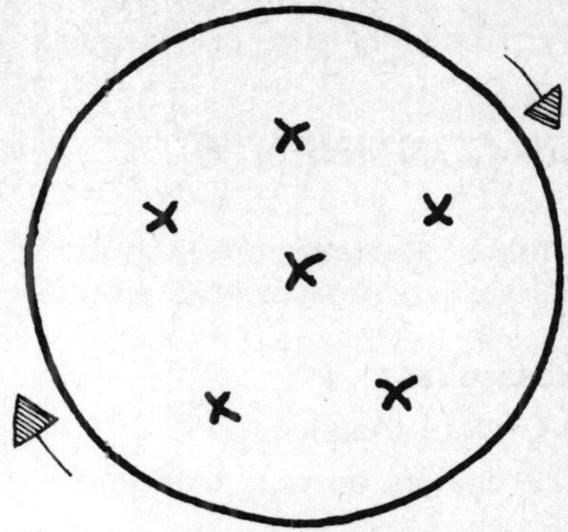

Mouvement : La « vasque » tourne puis s'arrête.

Les « jets d'eau » se lèvent puis s'accroupissent.

Rythme : 2/4.

Instrument : 2 cailloux.

JEU

Après avoir battu plusieurs fois le rythme, l'animatrice fait tourner la « vasque » au rythme. Puis elle l'arrête et ce sont les « jets d'eau » qui se lèvent et s'accroupissent au rythme. Enfin, toujours au rythme, la « vasque » plus les « jets d'eau ».

Tous les enfants se retrouvent à la fin du jeu au bord de la « vasque ».

LES CONTINENTS

Nombre d'enfants : Au choix de l'animatrice, répartis en 5 groupes.

Accessoires :

- Grelots (Asie).
- 2 cuillers en bois (Afrique).
- Une boîte à œufs à demi remplie de sable ou de gravier (Océanie).
- 2 cailloux (Amérique).
- Une bouteille et une cuiller (Europe).
- 5 rectangles sont dessinés sur le sol (voir dessin).

Geste : Les enfants sont divisés en 5 groupes, représentant chacun un continent.

Ils sont assis sur le sol, en tailleur, chaque groupe devant son rectangle.

Mouvement : Un enfant de chaque groupe va vers le rectangle représentant « son » continent ; il prend l'objet ou les objets qui se trouvent dans le rectangle, les agite suivant

le rythme, puis il retourne dans son groupe.

Un autre enfant se dirige vers « son » continent, etc.

RYTHME : 4/4.

Instrument : Les mains.

JEU

L'animatrice bat le rythme plusieurs fois. Les enfants l'écoutent.

Puis ils vont, l'un après l'autre, en suivant le rythme, prendre l'instrument de « leur » continent. Ils l'agitent, toujours suivant le rythme, et reviennent à leur place.

Les enfants assis battent le rythme de leurs mains avec l'animatrice.

A la fin du jeu chaque groupe se réunit dans le carré correspondant à « son » continent.

PIOU-PIOU. Comptine

Piou-Piou, le petit oiseau chante,
Piou-Piou, le petit oiseau saute,
Piou-Piou, le petit oiseau vole.

Nombre de joueurs : Au choix de l'animatrice.

Geste : Les enfants sont en ligne face à l'animatrice, debout, jambes serrées, pieds joints, bras à l'horizontale, coudes repliés, mains tombantes.

Mouvement : Remuer les 2 bras dans le plan horizontal en passant d'un pied sur l'autre.

Rythme : 3/4.

Instrument : Tambourin.

JEU

L'animatrice scande la comptine en s'accompagnant du tambourin.

Les enfants l'écoutent puis rythment leur mouvement en scandant la comptine au rythme du tambourin.

HISTOIRE MIMÉE

Piou-Piou, le petit oiseau chante : Taper dans les mains au rythme du tambourin, un battement pour chaque frappe.

Piou-Piou, le petit oiseau saute : Avancer au rythme du tambourin, un pas pour chaque frappe.

Piou-Piou, le petit oiseau vole : Reculer au rythme du tambourin, un pas pour chaque frappe, en remuant les bras comme de petites ailes.

LES FIGURES GÉOMÉTRIQUES

Nombre de joueurs : Au choix de l'animatrice.

Accessoires :

● Dessins sur le sol : un cercle, 2 parallèles, un triangle, un rectangle.

Geste : Les enfants sont debout, pieds joints, bras le long du corps autour de chaque figure.

Mouvement : Le cercle tourne.

Les parallèles avancent puis reculent.

Le triangle se balance d'un pied sur l'autre.

Le rectangle marche autour de sa figure.

Rythme : 2/4.

Instrument : Les mains et les pieds.

JEU

L'animatrice bat le rythme plusieurs fois, d'abord avec les mains, puis avec les pieds, puis avec les mains et les pieds.

Les enfants l'écoutent, puis ils battent à leur tour le rythme sans bouger : mains, puis pieds, puis mains et pieds. Enfin ils font leur mouvement en scandant le rythme de leurs pieds et de leurs mains.

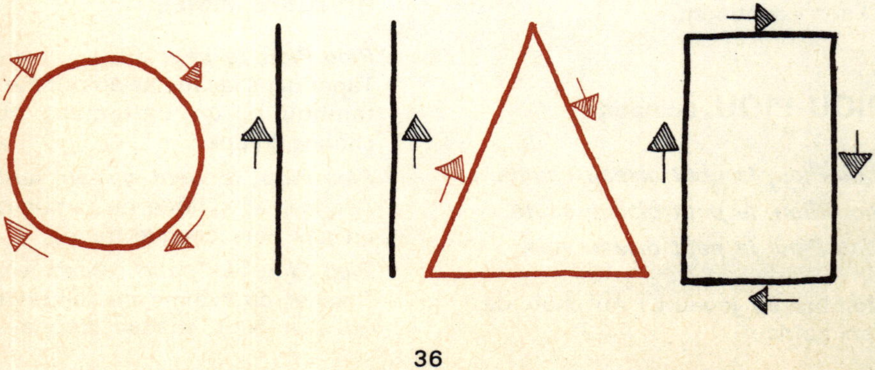

A la fin du jeu, chaque groupe se réunit à l'intérieur de sa figure géométrique.

LES INDIENS

Thème : Le Grand Chef Nanaïmo est endormi dans sa cabane à côté du sifflet qui permet de chasser les méchants. Mais chaque Indien veut prendre ce trésor et devenir, grâce à lui, le « Grand Chef ». Qui y parviendra ?

Nombre de joueurs : Au choix de l'animatrice.

Accessoires :

- Un sifflet.
- Un bandeau pour les yeux.

Geste : Les « Indiens » sont assis en cercle.

Le « Grand Chef » est assis au centre du cercle, les yeux bandés. Devant lui un sifflet est posé sur le sol.

Mouvement : Les joueurs, en rampant, 2 par 2, essaient de parvenir sans bruit jusqu'au sifflet pour s'en saisir.

Rythme : 2/4.

Instrument : Les mains.

JEU

Lorsqu'un enfant est parvenu à se saisir du sifflet sans avoir été repéré par le « Grand Chef », l'animatrice bat le rythme dans ses mains avec tous les « Indiens » du cercle.

Le vainqueur prend la place du « Grand Chef » au centre du cercle, et le jeu recommence.

TRADERIDERA. Comptine

Nombre de joueurs : 20 (2 groupes de 10).

Rythme : Au choix de l'animatrice.

Instrument : Tambourin.

JEU

Les 2 groupes d'enfants se font face à une certaine distance.

Le groupe 1, en ligne et en se tenant par la main, s'approche du groupe 2, immobile, en scandant le « vers » de la comptine. Lorsqu'il est devant le groupe 2, chaque enfant fait une révérence puis fait demi-tour, reforme une ligne et retourne à son point de départ.

Le groupe 2 s'avance à son tour de la même manière vers le groupe 1, immobile, et répète les mêmes mouvements en scandant son « vers ».

A chaque « promenade » le « vers » sera différent.

L'animatrice scandera la comptine en s'accompagnant au tambourin.

A la fin, les enfants forment un cercle en scandant *TRADERIDERA.*

1\. *Voici l'ambassadeur, avec Traderidera*
2\. *Que voulez-vous ? avec Traderidera*

1\. *Je veux une jolie fille, avec Traderidera*
2\. *Quelle fille voulez-vous ? avec Traderidera*

1\. *Ce sera Caroline, avec Traderidera*
2\. *Et qui sera l'époux ? avec Traderidera*

1\. *Ce sera Pierre, avec Traderidera*
2\. *Comment l'habillerez-vous ? avec Traderidera*

1\. *De perles et de diamants, avec Traderidera*
2\. *Comment la porterez-vous ? avec Traderidera*

1\. *Sur un petit chariot, avec Traderidera*
2\. *Non, nous ne voulons pas ! avec Traderidera*

1\. *Sur un carrosse d'or, avec Traderidera*
2\. *Oui, nous sommes d'accord ! avec Traderidera.*

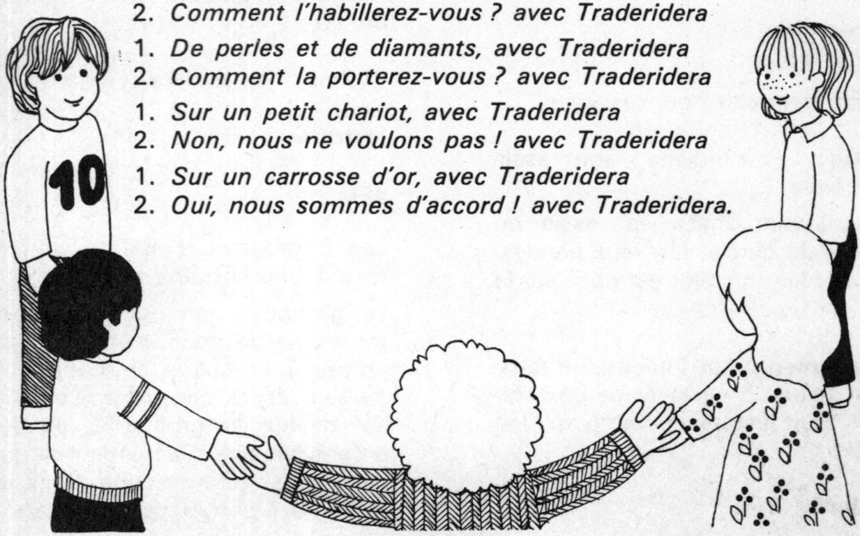

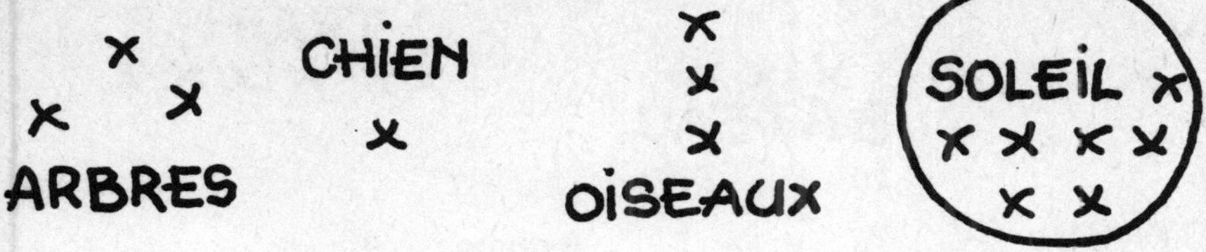

LA CAMPAGNE

Nombre de joueurs : 14.

Accessoires :

● Dessiner sur le sol l'emplacement de 3 arbres, 1 chien, 3 oiseaux, 1 soleil (7 joueurs).

Geste : Les arbres : bras levés.

Le chien : à 4 pattes.

Les oiseaux : bras horizontaux, coudes un peu repliés, mains pendantes.

Le soleil est formé d'un cercle d'enfants qui se donnent la main.

Mouvement : Arbres : monter et descendre les bras.

Chien : avancer et reculer.

Oiseaux : remuer les bras.

Soleil : le cercle tourne.

Rythme : 4/4.

Instrument : Pipeau.

JEU

Après avoir battu le rythme plusieurs fois, l'animatrice donne le départ et la « campagne » s'anime au rythme du pipeau.

HISTOIRE MIMÉE

Le soleil se réveille : Ronde du cercle.

Un enfant s'en détache et fait le parcours.

Il va réveiller les arbres qui remuent leurs branches : Mouvements des bras des « arbres ».

Les oiseaux qui volent : Mouvements des bras des « oiseaux ».

Puis le chien qui gambade : Le « chien » avance et recule.

Tous se donnent la main pour une jolie ronde au rythme du pipeau : Ronde.

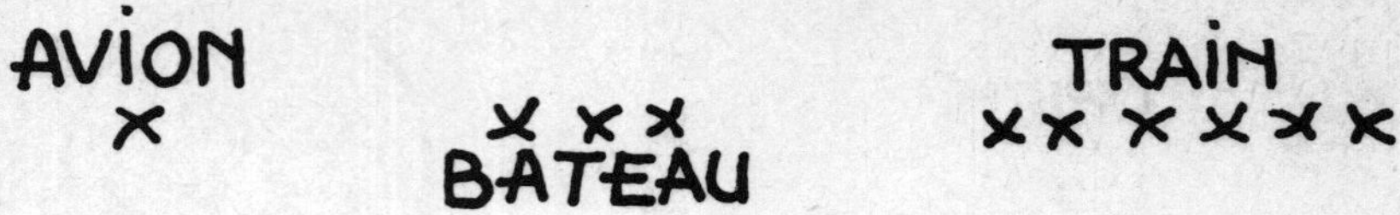

LE VOYAGE

Nombre de joueurs : 10 : 1 pour l'avion, 3 pour le bateau, 6 pour le train.

Accessoires :

- Emplacements dessinés sur le sol (voir croquis).

Geste :

L'avion : debout, jambes écartées, bras à l'horizontale.

Le bateau : joueurs en file, assis jambes repliées, bras le long des jambes.

Le train : joueurs debout, en file, bras gauche replié, main sur le coude de l'enfant qui précède.

Mouvement : L'avion : mouvement des bras de l'horizontale à l'oblique avec balancement du corps.

Le bateau : mouvement pour ramer.

Le train : avancer doucement puis reculer.

Rythme : 2/4.

Instrument : Tambourin.

JEU

L'animatrice bat le rythme plusieurs fois. Les enfants l'écoutent puis chaque « moyen de transport » suit le rythme battu en exécutant son mouvement.

Enfin l'« avion », le « bateau » et le « train » exécutent leurs mouvements ensemble.

HISTOIRE RYTHMÉE

Martine part en vacances. Elle va d'abord prendre le train qui démarre : Rythme du tambourin, parcours avant – arrière.

La voici arrivée dans une jolie petite ville où il y a un lac, et Martine va se promener en bateau : Mouvement du bateau.

Ses vacances sont si agréables qu'elle décide de rester le plus longtemps possible et de rentrer par avion : Rythme du tambourin et mouvement de l'avion.

LES PIONS

Nombre de joueurs : 12.

Accessoire :

● Un échiquier dessiné sur le sol avec 6 carrés noirs, 6 carrés gris, des carrés blancs (voir croquis).

Geste : Placer 6 enfants (pions noirs) sur le côté gauche de l'échiquier, et 6 enfants (pions gris) sur le côté opposé. Ils sont debout, pieds joints, bras le long du corps.

Mouvement : Au signal de l'animatrice, ils courent vers leurs carrés.

Rythme : 2/4.

Instrument : Tam-tam.

JEU

L'animatrice bat plusieurs fois le rythme. Les enfants l'écoutent, puis ils doivent courir au rythme du tam-tam pour trouver la case correspondant à leur couleur, et s'immobiliser en devenant un « pion » sur chaque case.

On peut reprendre le jeu plusieurs

fois en demandant aux enfants d'éviter de se heurter en cherchant à rejoindre leur case.

A la fin du jeu les enfants se retrouvent, comme au départ, de chaque côté de l'échiquier.

LA FORÊT ET LE VENT

Thème : Ecoutez l'histoire du Vent, du Grand Vent qui vient du Pays des Glaces où tout est blanc et

GRAND ARBRE

PETIT ARBRE

BUISSON

froid. La Forêt l'attend, il est son ami, il vient bavarder et chanter avec elle. Le voilà, il arrive, il est là... Les grands arbres, les petits arbres, les buissons et le vent chantent et dansent ensemble.

Nombre de joueurs : 12 : 4 grands arbres, 3 petits arbres, 5 buissons.

Accessoires : Emplacements dessinés sur le sol (voir croquis).

Geste : L'animatrice place les enfants sur les marques dessinées sur le sol :

Grands arbres : debout, pieds écartés, bras droit au-dessus de la tête et main pendante, bras gauche à l'oblique et main pendante.

Petits arbres : debout, pieds joints, bras droit à l'horizontale et main pendante, bras gauche le long du corps.

Buissons : assis, jambes repliées, pieds croisés, tête sur les genoux, bras au sol.

Mouvements : Grands arbres : Le bras droit descend, le bras gauche monte en un mouvement continu.

Petits arbres : Même mouvement que les grands arbres.

Buissons : Lever la tête et les bras, baisser la tête et les bras (mouvement continu).

Rythme : 4/4.

Instrument : Une plaque de métal.

JEU

Après avoir montré à chaque groupe le geste et le mouvement à faire l'animatrice bat le rythme plusieurs fois.

Les enfants l'écoutent puis chaque groupe fait son mouvement au rythme, et enfin les 3 groupes ensemble.

SOPHIE. Comptine

Sophie danse autour de la lune,
Sophie danse autour des étoiles,
Sophie danse autour des cheminées,
Le dimanche soir. Hop ! Hop !

... Le lundi soir. Hop ! Hop !

... Le mardi soir. Hop ! Hop !

... Le mercredi soir. Hop ! Hop !

... Le jeudi soir. Hop ! Hop !

... Le vendredi soir. Hop ! Hop !

... Le samedi soir. Hop ! Hop !

Nombre d'enfants : Au choix de l'animatrice.

Rythme : 2/4 ou 4/4.

Instrument : Tambourin.

JEU

Les enfants forment une ronde et tournent dans le sens des aiguilles d'une montre en scandant la comptine au rythme du tambourin. A *Hop !* ils lèvent la jambe droite puis la jambe gauche, et repartent dans le sens opposé.

QUAND J'ÉTAIS... Comptine

Quand j'étais petite fille,
Petite fille, petite fille,
Quand j'étais petite fille,
J'étais heureuse.
Tralala lalala lalala tralala

Quand j'étais écolière,
Ecolière, écolière,
Quand j'étais écolière,
J'étais heureuse.
Tralala lalala lalala tralala

Quand j'étais professeur,
Professeur, professeur,
Quand j'étais professeur,
J'étais heureuse.
Tralala lalala lalala tralala

Quand j'étais amoureuse,
Amoureuse, amoureuse,
Quand j'étais amoureuse,
J'étais heureuse.
Tralala lalala lalala tralala

Quand j'avais un mari,
Un mari, un mari,
Quand j'avais un mari,
J'étais heureuse.
Tralala lalala lalala tralala

Quand j'avais un bébé,
Un bébé, un bébé,
Quand j'avais un bébé,
J'étais heureuse.
Tralala lalala lalala tralala.

Nombre de joueurs et rythme : au choix de l'animatrice.

Instrument : Tambourin.

JEU

Les enfants forment une ronde en se donnant les mains.

L'animatrice dit d'abord chaque « vers » de la comptine, que les enfants répètent. Puis elle mime la phrase et les enfants l'imitent. Puis elle rythme le « vers » au tambourin en le scandant, et ainsi de suite pour les autres « vers ».

Quand j'étais petite fille, petite fille, petite fille : Révérence.

Quand j'étais petite fille, j'étais heureuse : Taper dans les mains.

Tralala lalala lalala tralala : Ronde en tournant à petits pas.

Ce dernier vers ainsi que la ronde seront repris après chaque couplet.

Quand j'étais écolière, écolière, écolière : Mains réunies pour former un livre.

Quand j'étais écolière, j'étais heureuse : Mains ouvertes pour « lire » le livre.

Quand j'étais professeur, professeur, professeur : Une main ouverte (cahier), l'autre fait le geste d'écrire.

Quand j'étais professeur, j'étais heureuse : Carré dans l'air (le tableau noir).

Quand j'étais amoureuse, amoureuse, amoureuse : Envoyer un baiser de la main droite.

Quand j'étais amoureuse, j'étais heureuse : Envoyer un baiser de la main gauche.

Quand j'avais un mari, un mari, un mari : Tourner 2 par 2 vers la droite en se donnant le bras.

Quand j'avais un mari, j'étais heureuse : Tourner dans l'autre sens.

Quand j'avais un bébé, un bébé, un bébé : Arrondi des 2 bras devant soi pour former un berceau.

Quand j'avais un bébé, j'étais heureuse : Balancer le « berceau ».

OH ! Comptine

Oh ! Avez-vous vu le marchand de glaces,
Le marchand de glaces, le marchand de glaces
Qui habite sur la place ? Oh !

Oh oui ! J'ai vu le marchand de glaces,
Le marchand de glaces, le marchand de glaces
Oh oui ! J'ai vu le marchand de glaces
Qui habite sur la place ! Oh !

Nombre d'enfants : Au choix de l'animatrice.

Accessoires :

- 2 cailloux.

Rythme : 2/4.

Instrument : Tambourin.

JEU

L'animatrice bat le rythme sur le tambourin.

Les enfants forment un cercle en se donnant les mains. Au centre du cercle se tient un enfant qui a 2 cailloux dans ses mains.

Les enfants du cercle, en tournant, rythment la question :

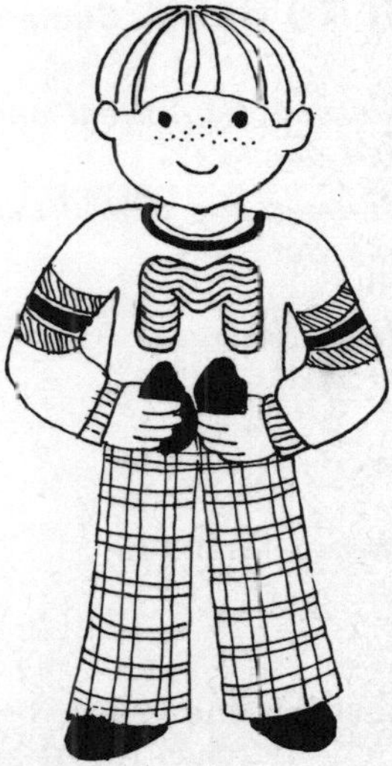

Oh ! avez-vous vu le marchand de glaces
Le marchand de glaces, le marchand de glaces
Qui habite sur la place ? Oh !

L'enfant du centre du cercle rythme la « réponse » :

Oh oui ! j'ai vu le marchand de glaces
Le marchand de glaces, le marchand de glaces
Oh oui ! j'ai vu le marchand de glaces
Qui habite sur la place ! Oh !

en heurtant les 2 cailloux.

Puis l'animatrice désigne un autre enfant qui vient au centre du cercle remplacer son camarade, et la ronde recommence...

L'OISEAU BLEU. Comptine

Voici l'oiseau bleu, il est entré par la fenêtre (ter)
Hi diddle dum day.

Il danse avec son ami, il danse, il danse (ter)
Hi diddle dum day.

Nombre de joueurs : Au choix de l'animatrice.

Rythme : 4/4.

Instrument : Tambourin.

JEU

Les enfants forment une ronde et lèvent les bras puis les baissent.

Un enfant entre dans le cercle : il est « l'oiseau bleu » (ou rouge, ou jaune selon la couleur de sa robe).

Voici l'oiseau bleu, il est entré par la fenêtre : « L'oiseau bleu » va d'une « fenêtre » à l'autre (les mains des enfants qui se lèvent et qui s'abaissent).

Hi diddle dum day : Tous scandent

la comptine en tapant dans leurs mains.

Il danse avec son ami, il danse, il danse : « L'oiseau bleu » choisit un partenaire, ils se donnent les mains et tournent.

Hi diddle dum day. Tous les enfants scandent la comptine en tapant dans leurs mains.

« L'oiseau bleu » et son partenaire continuent à danser, puis « l'oiseau bleu » raccompagne son ami qui reprend sa place dans la ronde et la comptine recommence...

PIERRE. Comptine

Nombre de joueurs : 12.

Rythme : 4/4.

Instrument : 2 baguettes de bois.

JEU

Les enfants sont placés sur 2 lignes parallèles et rythment leurs mouvements en suivant le rythme battu par l'animatrice tout en scandant la comptine.

Pierre tape avec un marteau,
Un marteau, un marteau,
Toute la journée :

Taper le sol du pied droit, puis du pied gauche, en avançant.

Pierre tape avec deux marteaux,
Deux marteaux, deux marteaux,
Toute la journée :

Taper le sol des 2 poings, à l'arrêt (en s'accroupissant).

Pierre tape avec trois marteaux,
Trois marteaux, trois marteaux,
Toute la journée :

Taper le sol avec les 2 poings et un pied, à l'arrêt.

Pierre tape avec quatre marteaux,
Quatre marteaux, quatre marteaux,
Toute la journée :

Taper le sol, alternativement des 2 pieds et des 2 poings, en s'accroupissant.

Pierre tape avec cinq marteaux,
Cinq marteaux, cinq marteaux,
Toute la journée :

Taper le sol, alternativement des 2 pieds puis des 2 poings, en s'accroupissant, et baisser la tête.

La comptine se termine par une ronde.

Jeux plus difficiles

Ces jeux, plus élaborés que les « jeux faciles », ont été conçus pour les « plus grands » du jardin d'enfants ou de l'école maternelle.

LES FOULARDS

Nombre de joueurs : Au choix de l'animatrice.

Accessoires :

- Foulards de couleur.

Geste : Chaque enfant est assis en tailleur avec, attaché au poignet droit, un foulard. Les 2 mains sont sur ses genoux.

Mouvement : L'enfant lève le bras droit en arrondi au-dessus de la tête.

Rythme : 4/4.

Instrument : Tambourin.

JEU

Après avoir fait écouter le rythme plusieurs fois, l'animatrice le bat puis s'arrête.

Les enfants lèvent le bras droit lorsque le rythme résonne, et gardent les 2 mains sur les genoux durant les silences.

A la fin du jeu, chaque enfant prend une « pose ».

LES SACS EN PAPIER

Nombre de joueurs : Au choix de l'animatrice.

Accessoires :

- Sacs en papier fort.

Geste : Les enfants sont assis par terre, en tailleur, un sac de papier à terre devant eux.

Mouvement : Prendre le sac et le gonfler.

Rythme : 4/4.

Instrument : 2 baguettes de bois.

JEU

L'animatrice bat plusieurs fois le rythme avec les baguettes.

Les enfants l'écoutent puis doivent gonfler les sacs en modelant leur respiration sur le rythme que l'animatrice continue à battre.

LES MORCEAUX DE BOIS

Nombre de joueurs : 10.

Accessoires : 2 bouts de bois plat par joueur.

Geste : Les enfants sont debout par 2, face à face, avec dans chaque main un bout de bois plat, bras le long du corps.

Mouvement : Chaque enfant doit heurter les bouts de bois de son coéquipier.

Rythme : 2/4.

Instrument : Tam-tam.

JEU

L'animatrice bat plusieurs fois le rythme au tam-tam. Les enfants l'écoutent, puis chaque enfant doit le battre avec son coéquipier en faisant résonner les 4 bouts de bois.

A la fin du jeu les enfants posent leurs bouts de bois par terre devant eux.

LES BALLES

Nombre de joueurs : Au choix de l'animatrice.

Accessoires :

- 10 petites balles.

Geste : Les joueurs sont en cercle. Chaque enfant tient une balle dans sa main droite.

Mouvement : Passer la balle à son voisin.

Rythme : 4/4.

Instrument : Pipeau.

JEU

L'animatrice joue le rythme plusieurs fois au pipeau.

Les enfants l'écoutent puis doivent passer les balles pendant que l'animatrice joue, et s'arrêter lorsqu'elle cesse de jouer.

LES CUBES

Nombre de joueurs : Au choix de l'animatrice.

Accessoire :

- Un cube ou un tabouret.

Rythme : 2/4 ou 4/4.

Instrument : Les 2 mains.

JEU

Ce jeu est essentiellement un exercice de rythme.

L'animatrice bat un rythme sur le cube et les enfants, après l'avoir écouté plusieurs fois, le battent avec elle dans leurs mains.

L'animatrice demande ensuite à chaque enfant de venir battre le rythme sur le cube, et les autres continuent à accompagner le batteur de leurs mains.

LE COLIMAÇON

Nombre de joueurs : Au choix de l'animatrice.

Accessoire :

- Dessin sur le sol (voir dessin).

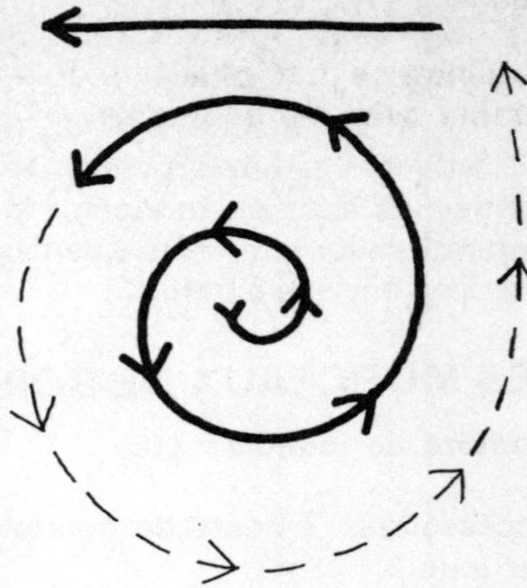

Geste : Placer les joueurs sur le dessin. Ils se tiennent par la taille à 2 mains, l'un derrière l'autre.

Mouvement : Avancer à petits pas. Déroulement du colimaçon pour former le dessin tracé sur le sol.

Rythme : 2/4.

Instrument : Tam-tam.

JEU

L'animatrice bat plusieurs fois le rythme.

Après l'avoir écouté, les enfants le battent sur place avec leurs pieds puis avancent au rythme du tam-tam pour aller former la ligne en déroulant le colimaçon.

A la fin du jeu, s'asseoir en tailleur sur le « colimaçon ».

LES RUBANS

Nombre de joueurs : Un nombre pair.

Accessoires :

- Rubans de couleur.

Geste : Faire asseoir les enfants en tailleur, 2 par 2, face à face. Ils sont reliés l'un à l'autre par un ruban qu'ils tiennent chacun à 2 mains.

Mouvement : Lever les bras sans lâcher le ruban.

Rythme : 4/4.

Instrument : Tam-tam.

JEU

L'animatrice bat d'abord plusieurs fois le rythme.

Les enfants l'écoutent puis doivent le battre avec leurs mains en lâchant le ruban. Lorsque l'animatrice s'arrête de battre le rythme, ils reprennent leurs rubans.

A la fin du jeu poser le ruban à terre.

LES OMBRELLES

Nombre de joueurs : 10.

Accessoires :

- Une ombrelle en papier par joueur.
- Dessin au sol.

Geste : L'animatrice place les enfants, debout, sur les repères tracés sur le sol. Chacun d'eux tient à 2 mains une ombrelle ouverte au-dessus de sa tête.

Mouvement : Les enfants mettent leur ombrelle sur l'épaule droite puis sur l'épaule gauche.

Rythme : 4/4.

Instrument : Tambourin.

JEU

L'animatrice bat plusieurs fois le rythme.

Les enfants l'écoutent puis ils mettent leur ombrelle sur une épaule puis sur l'autre au rythme du tambourin.

A la fin du jeu les enfants posent l'ombrelle par terre et se cachent derrière elle.

LES 4 RACES

Nombre de joueurs : Au choix de l'animatrice.

Accessoires :

- Instruments de musique (pipeau, tambourin, grelots, etc.).
- Plumes (éventuellement à découper dans des papiers de couleur).
- Eventails (à fabriquer avec du papier plissé).
- Foulards.

Rythme : 2/4.

Instrument : Les mains.

JEU

Les enfants sont divisés en 4 groupes représentant les 4 races : les Noirs, les Rouges, les Jaunes, les Blancs.

Puis l'animatrice explique que :

le groupe des « Noirs » a pour symbole les « instruments de musique »,

le groupe des « Rouges » a pour symbole les « plumes »,

le groupe des « Jaunes » a pour symbole les « éventails »,

le groupe des « Blancs » a pour symbole les « foulards ».

Après avoir battu le rythme plusieurs fois l'animatrice donne le départ à un enfant de chaque groupe.

Celui-ci doit, en courant selon le rythme, aller vers le tas qui correspond à sa « race », prendre un objet, faire un mouvement spontané, ramener l'objet vers son groupe et le poser sur le sol.

A ce moment-là un autre enfant prend le départ et le jeu continue...

A la fin du jeu, chaque « race » se retrouve autour de ses « symboles ».

1 2 3

LE CHEVAL

Nombre de joueurs : Au choix de l'animatrice.

Accessoire :

- Un tabouret.

Geste et mouvement :

Les enfants sont en file devant le tabouret qui figure le cheval.

Les mouvements, en 3 étapes, se déroulent d'une manière continue : lorsque le premier enfant a terminé son mouvement sur le tabouret, un autre enfant commence son exercice et ainsi de suite...

1. Debout devant le tabouret, écarter les jambes (4 temps).

2. S'asseoir sur le tabouret et replier les jambes en tailleur (4 temps).

3. Pivoter sur les fesses et se retrouver debout de l'autre côté du tabouret (4 temps).

Rythme : 4/4.

Instrument : Tam-tam.

JEU

L'animatrice bat plusieurs fois le rythme puis le jeu commence.

Chaque mesure 4/4 correspond à un des mouvements sur le tabouret.

A la fin du jeu, les enfants font une ronde autour du tabouret en suivant toujours le rythme du tam-tam.

LES MASQUES

Nombre de joueurs : 8.

Accessoires :

- 4 masques.
- 8 cailloux.

Geste : Les joueurs, assis sur leurs talons, sont placés face à face, 4 par 4. Les enfants du groupe de droite ont chacun devant eux un masque. Les enfants du groupe de gauche ont chacun devant eux 2 cailloux.

Mouvement : Les 4 enfants du groupe de droite prennent leur masque et le posent sur leur visage.

Les 4 enfants du groupe de gauche prennent un caillou dans chaque main et les font résonner en les cognant l'un contre l'autre.

Rythme : 4/4.

Instrument : 2 baguettes de bois.

JEU

L'animatrice bat le rythme plusieurs fois avec les baguettes.

Les enfants l'écoutent, puis les 4 « batteurs » le frappent avec elle en faisant résonner leurs cailloux. Les 4 autres enfants restent masqués.

L'animatrice « seule » bat le rythme.

Les « masques » se démasquent. Les « batteurs » sont silencieux.

L'animatrice et les 4 « batteurs » battent le rythme.

Les « masques » retrouvent leur visage.

Intervertir les « rôles » et bien décomposer les différentes étapes du jeu.

Terminer le jeu par les visages masqués et les cailloux silencieux.

LE JOUR ET LA NUIT

HISTOIRE

« Vive le jour, dit la Terre, que sa lumière est belle ! Elle me réchauffe, les fleurs sont éclatantes, les oiseaux sont plus joyeux... »

et

« Vive la Nuit, que sa lumière est mystérieuse ! Je suis émerveillée

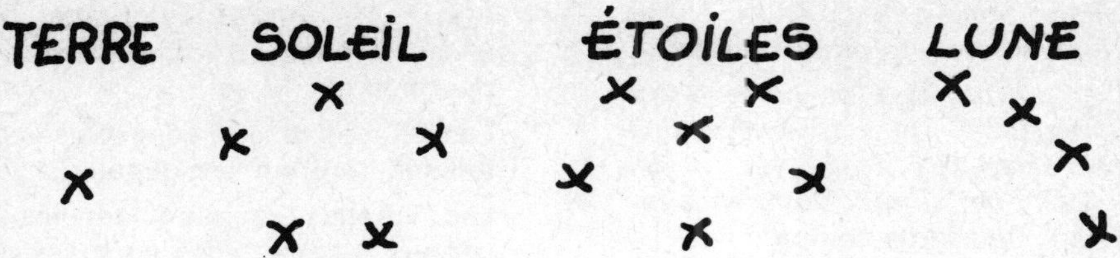

par l'éclat des Etoiles et le joli croissant de Lune... ».

Nombre de joueurs : 16 (5 pour le Soleil, 4 pour la Lune, 6 pour les Etoiles et un pour la Terre).

Accessoires : Emplacements dessinés sur le sol.

Geste : Placer les enfants sur les emplacements dessinés sur le sol.

Les 5 enfants représentant le Soleil se donnent la main, ainsi que les 4 enfants représentant la Lune.

Mouvement : En 2 temps :

1. La Terre tourne autour du Soleil dans le sens des aiguilles d'une montre.

Le Soleil tourne sur lui-même.

2. Les Etoiles et la Lune sont assis sur le sol, jambes repliées, tête sur les genoux, mains au sol.

Les Etoiles se lèvent et agitent leurs bras.

La Lune se lève : les enfants se donnent la main et se balancent de droite à gauche.

Rythme : 4/4.

Instrument : Pipeau.

JEU

L'animatrice fait entendre le rythme plusieurs fois. Les enfants l'écoutent.

Puis elle fait suivre le rythme par le Soleil et la Terre, et après par la Lune et les Etoiles.

Lorsque les enfants ont compris l'alternance « jour » et « nuit », l'animatrice, tout en battant le rythme, peut alors raconter l'histoire :

Vive le Jour, dit la Terre, que sa lumière est belle ! Elle me réchauffe, les fleurs sont éclatantes, les oiseaux sont plus joyeux... : Voir « Mouvement », premier temps.

Vive la Nuit, que sa lumière est mystérieuse ! Je suis émerveillée par l'éclat des Etoiles et le joli croissant de Lune... : Voir « Mouvement », deuxième temps.

A la fin du jeu, la Terre, le Soleil, les Etoiles et la Lune s'immobilisent en une attitude jolie et caractéristique.

LA ROSERAIE

Nombre de joueurs : 16 (6 « Roses blanches », 3 « Roses roses », 3 « Roses rouges », 4 « Roses grimpantes »).

Accessoires : Emplacements dessinés sur le sol (voir croquis).

Geste : L'animatrice place les enfants sur les emplacements dessinés sur le sol.

Les « Roses roses » sont assises en tailleur, tête sur les genoux.

Les « Roses rouges » ont les 2 genoux à terre. Elles sont assises sur les talons, tête sur les genoux.

Les « Roses blanches » ont un genou au sol, mains croisées sur le genou.

Les « Roses grimpantes » prennent une attitude 2 à 2 : 2 sont debout, bras levés ; les 2 autres sont assises, jambes serrées, genoux remontés. Chaque « rose » assise encercle de ses mains les jambes d'une « rose » debout (voir croquis).

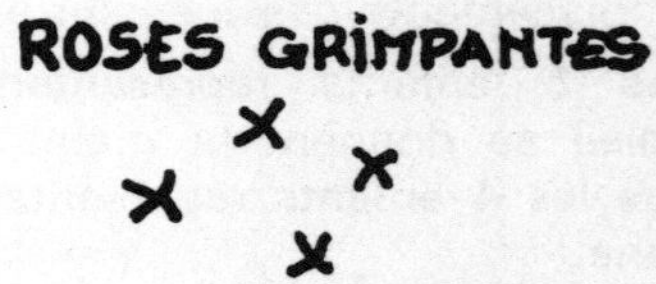

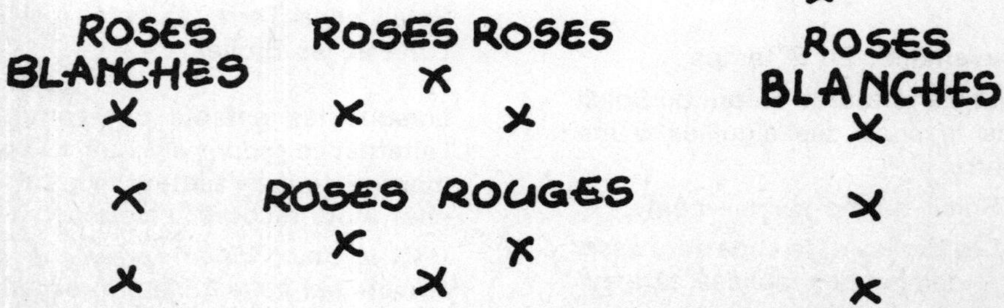

ROSES GRIMPANTES
ROSES ROSES
ROSES BLANCHES
ROSES BLANCHES
ROSES ROUGES

Mouvement

« Roses roses » : Relever la tête, lever les bras.

« Roses rouges » : Se redresser, bras croisés sur la poitrine.

« Roses blanches » : Ouvrir les bras.

« Roses grimpantes » : Baisser puis lever les bras.

Rythme : 3/4.

Instrument : Tambourin.

JEU

L'animatrice bat le rythme plusieurs fois. Les enfants l'écoutent.

Puis elle fait répéter séparément les mouvements à chaque groupe de « roses » avant de leur faire rythmer leurs mouvements ensemble. Par exemple : les « Roses roses » (rythme 8 fois), les « Roses rouges » (rythme 8 fois), les « Roses blanches » (rythme 8 fois), etc., toutes les « roses » ensemble (rythme 8 fois).

A la fin du jeu, chaque groupe de « roses » cherche un mouvement personnel.

LE CHEMIN DE FER

Nombre de joueurs : Au choix de l'animatrice.

Accessoire : Dessin sur le sol : lignes de couleur et noires.

Geste : Répartir les enfants en 2 groupes et les placer sur les lignes T/1 (train n° 1) et T/2 (train n° 2). Ils se tiennent par le coude droit replié.

Mouvement : Le T/1 « démarre » (voir schéma) et revient à son point de départ en suivant le dessin tracé sur le sol.

Lorsque le dernier enfant a franchi le point d'intersection A, le T/2 « démarre » à son tour et suit son trajet pour revenir à son point de départ.

Rythme : 2/4.

Instrument : Sifflet.

JEU

L'animatrice qui figure le « chef de gare » se tient au point d'intersection A des 2 « trains ».

Elle siffle le rythme plusieurs fois. Les enfants l'écoutent.

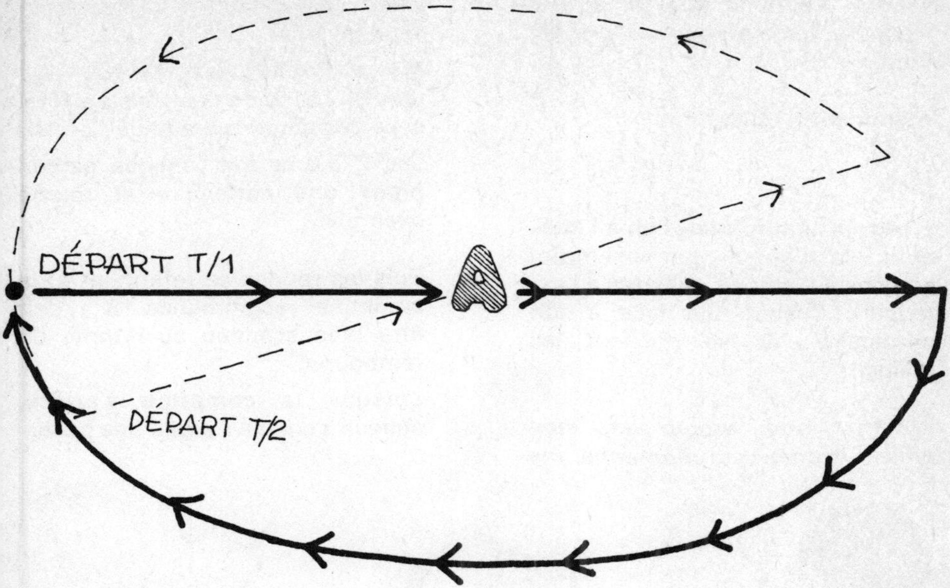

Elle donne ensuite le signal du départ d'abord au T/1 puis au T/2. Les enfants scandent le rythme en faisant « TCHOU-TCHOU ».

Le train s'arrête lorsque le « chef de gare » ne siffle plus.

VROOM ! Comptine

Vroom, vroom, vroom vers mon amie (ter)
Vroom vers mon amie, ma jolie.

Ma partenaire est partie... Que faire ?... (4 fois)

Nombre d'enfants et rythme : Au choix de l'animatrice. Enfants en nombre pair.

Instrument : Tambourin.

JEU

2 cercles sont formés, l'un à l'intérieur de l'autre (par exemple, garçons à l'intérieur, fillettes à l'extérieur). Chacun fait face à son partenaire ; ils se donnent les mains.

Vroom, vroom, vroom vers mon amie... Vroom vers mon amie, ma jolie : Les 2 cercles tournent en sens inverse.

Ma partenaire est partie, que faire ? : La ronde des filles s'arrête, celle des garçons continue (2 fois).

Les 2 autres fois, chaque garçon prend une partenaire et tourne avec elle.

Puis les rondes se reforment et la comptine recommence. Elle doit être bien scandée au rythme du tambourin.

Lorsque la comptine s'arrête, chaque « couple » prend une pose.

LES CLOCHETTES. Comptine

Nous sommes les belles clochettes (ter)
Toi, tu seras mon partenaire

Tippety, tappety sur mon épaule (ter)
Toi, tu seras mon partenaire.

Nombre d'enfants, rythme, instrument : Au choix de l'animatrice.

JEU

Nous sommes les belles clochettes, Toi, tu seras mon partenaire : Les enfants forment un cercle en se donnant les mains et tournent en levant les bras. Un enfant est hors du cercle, et tourne dans le sens contraire.

Tippety, tappety sur mon épaule, Toi, tu seras mon partenaire : Le cercle s'arrête. L'enfant qui est hors du cercle s'arrête derrière le partenaire de son choix et tape sur son épaule. Celui-ci sort du cercle et vient se placer derrière lui. Pendant ce temps la ronde se referme.

Nous sommes les belles clochettes, Toi, tu seras mon partenaire : La ronde recommence. Les 2 enfants entrent et sortent de la ronde en passant sous les bras des enfants de la ronde.

Tippety, tappety sur mon épaule, Toi, tu seras mon partenaire : Les 2 enfants s'arrêtent derrière le partenaire choisi, le premier lui tape sur l'épaule. Celui-ci sort du cercle et vient se placer derrière les 2 autres enfants (il s'accroche à la taille du second qui s'accroche à la taille du premier).

Et la ronde recommence, toujours scandée au rythme de la comptine.

A la fin de la comptine, les « partenaires choisis » prennent une « pose » au centre du cercle.

Histoires rythmées

Ces histoires comportent une partie narrative et une partie active.

PARTIE NARRATIVE

L'animatrice lit d'abord l'histoire à plusieurs reprises.

Puis elle explique les mots difficiles, en s'aidant du geste. Par exemple, « la marguerite s'épanouit » : faire le geste d'ouvrir les bras en formant un demi-cercle devant soi.

PARTIE ACTIVE

L'animatrice dispose d'abord les enfants suivant les croquis.

Ensuite elle explique à chaque groupe le geste et le mouvement à faire, en le faisant exécuter 2 ou 3 fois de suite individuellement (l'animatrice trouvera le détail d'exécution de chaque histoire rythmée).

Certaines histoires seront accompagnées d'une musique très simple que l'animatrice pourra jouer au piano, au pipeau, ou simplement chanter. On peut aussi naturellement utiliser un disque ou une cassette.

Nous donnons également des idées de costumes.

Ces histoires sont classées par ordre de difficultés.

Précisons également que certaines d'entre elles conviennent parfaitement pour être jouées en jeux spectaculaires à l'occasion d'une fête. Du reste, à la fin du chapitre sont donnés 2 jeux plus élaborés qui constituent de véritables petites saynètes.

LA BERGERIE. Comptine

1. *Petit mouton que j'aime,*
Joli mouton, mouton joli,
Viens danser avec nous !

2. *Non, je ne veux pas*
Danser avec vous !
Je danse avec mon amie,
La petite brebis.

3. *Petit mouton que j'aime,*
Joli mouton, mouton joli,
Amène ta petite brebis,
Elle sera notre amie.

4. *Je viens avec ma brebis*
Pour danser avec vous
Dans le grand pré joli
Tra-de-ri-dé-rou.

Refrain final :

Tra-de-ri-dé-ri
La petite brebis, } Ter
Tra-de-ri-dé-ron
Le petit mouton.

JEU

PREMIER COUPLET

L'animatrice place les enfants en cercle, se donnant la main, et désigne le « mouton » qu'elle fait entrer au centre du cercle.

Tous les enfants chantent ce premier couplet sur une cantilène simple.

Eventuellement l'enfant « mouton » met sur sa tête une coiffure qui le distingue (voir ci-dessous).

DEUXIÈME COUPLET

L'enfant « mouton » scande le deuxième couplet.

Les enfants de la ronde tournent dans le sens des aiguilles d'une montre.

TROISIÈME COUPLET

Le cercle s'arrête et scande le troisième couplet pendant que l'enfant « mouton » choisit une « brebis » parmi eux.

Il l'amène au centre du cercle, en lui offrant une clochette.

QUATRIÈME COUPLET

Le cercle tourne dans le sens opposé aux aiguilles d'une montre pendant que le « mouton » et la « brebis » scandent le quatrième couplet, en tournant dans le sens opposé.

REFRAIN

Le refrain est scandé par les enfants du cercle immobile.

Le « mouton » retire sa coiffure et va l'offrir à un autre enfant du cercle, qui prend sa place au centre de la ronde. Le premier « mouton » rentre dans le cercle.

La « brebis » dépose sa clochette au centre du cercle et se réintègre dans la ronde.

Le jeu peut continuer aussi longtemps que le désire l'animatrice.

ACCESSOIRES A PRÉVOIR

COIFFURE DU MOUTON (1)

Dans un tissu léger blanc, découper 2 formes selon le croquis 2.

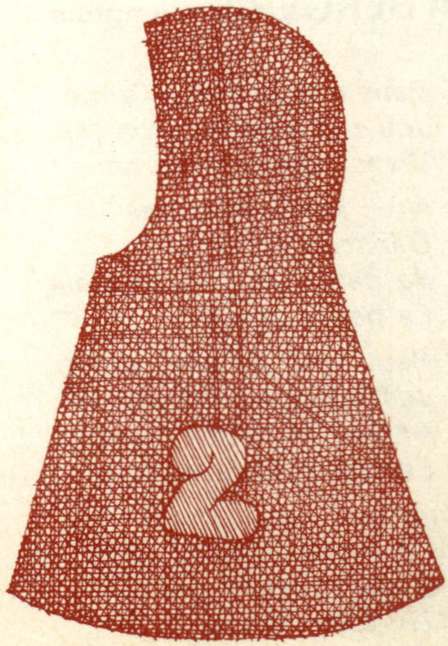

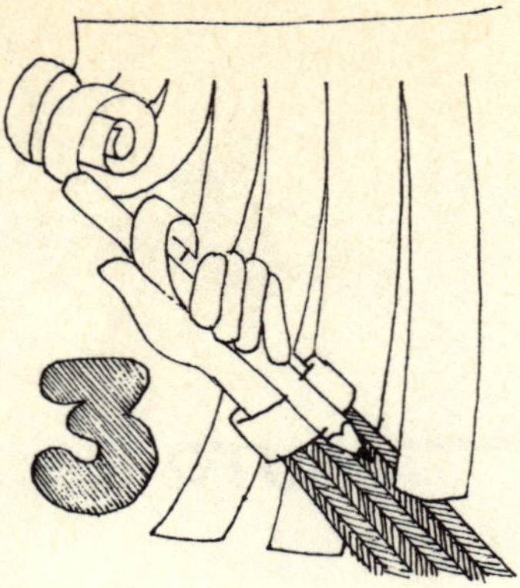

Les assembler par une couture afin de former une sorte de cagoule.

Recouvrir cette cagoule – comme sur le croquis 1 – de bandes de papier blanc découpées en larges franges et frisées (3). Ces bandes sont cousues à larges points ou fixées par des agrafes.

On peut ajouter 2 petites oreilles découpées dans de la feutrine rose.

LA BREBIS

Elle peut aussi porter une coiffure faite avec les mêmes bandes de papier agrafées sur un large ruban rose qui sera noué sous le menton (4).

Un autre ruban rose servira à attacher la clochette autour du cou. On peut remplacer cette clochette par une série de grelots.

LE MANÈGE

THÈME DU JEU

Dans le grand jardin, il y a un manège, avec des chevaux, des autos, des avions et même des soucoupes volantes.

Il tourne, tourne au son de jolies musiques.

Les chevaux montent et descendent, le long d'un tube doré. La voiture klaxonne. Les avions pen-

cnent leurs ailes de gauche à droite, et de droite à gauche. La soucoupe tourne sur elle-même, et une grosse lumière rouge clignote quand elle cesse de tourner.

Il est très amusant, ce manège !

JEU

Dessiner un grand cercle au sol. Disposer les enfants suivant le rôle choisi. Suivant le nombre d'enfants, on aura 2, 4 ou 6 chevaux ; de même pour les autres véhicules.

Donner un bâton aux « chevaux », un petit cerceau aux « voitures », 2 petits bâtons aux « avions », une lampe de poche aux « soucoupes ».

Les enfants « chevaux » tiennent le bâton devant eux, une extrémité

SOUCOUPE

sur le sol. Ils s'accroupissent et se redressent sur le rythme.

Les enfants « voitures » sont assis en tailleur et font tourner leur cerceau, comme un volant, en imitant le son du klaxon « Coin-Coin ».

Les enfants « avions », debout, jambes écartées, tiennent dans chaque main un bâtonnet. Les bras tendus horizontalement montent et descendent sur un plan latéral.

Les enfants « soucoupes » tournent sur eux-mêmes très lentement, les mains sur la tête, tenant la lampe. Ils l'allument quand ils s'arrêtent.

Le jeu sera exécuté sur un rythme choisi par l'animatrice ou soutenu par le petit chant ci-dessous (sur l'air de **L'Eau vive,** de Guy Béart) :

1. *Tourne, tourne, tourne manège,*
2. *Pour notre plus grande joie. Ah !*
3. *Tourne, tourne, tourne manège*
4. *Et puis arrête-toi.*

Sur le 1 et le 3 les enfants miment l'utilisation de leur véhicule.

Sur le 2 et le 4 ils s'arrêtent. A ce moment les soucoupes allument leurs lampes.

LE TORTILLARD

THÈME DU JEU

Il était une fois un petit train qui avait une machine rouge, un wagon bleu, un jaune et un vert. Ce petit train emmenait les enfants sages au bord de la mer.

Il faisait beaucoup de voyages dans la journée et le soir il était très fatigué. Son conducteur le recouvrait d'une grande toile rayée rouge et blanche, et aussitôt le petit train s'endormait d'un

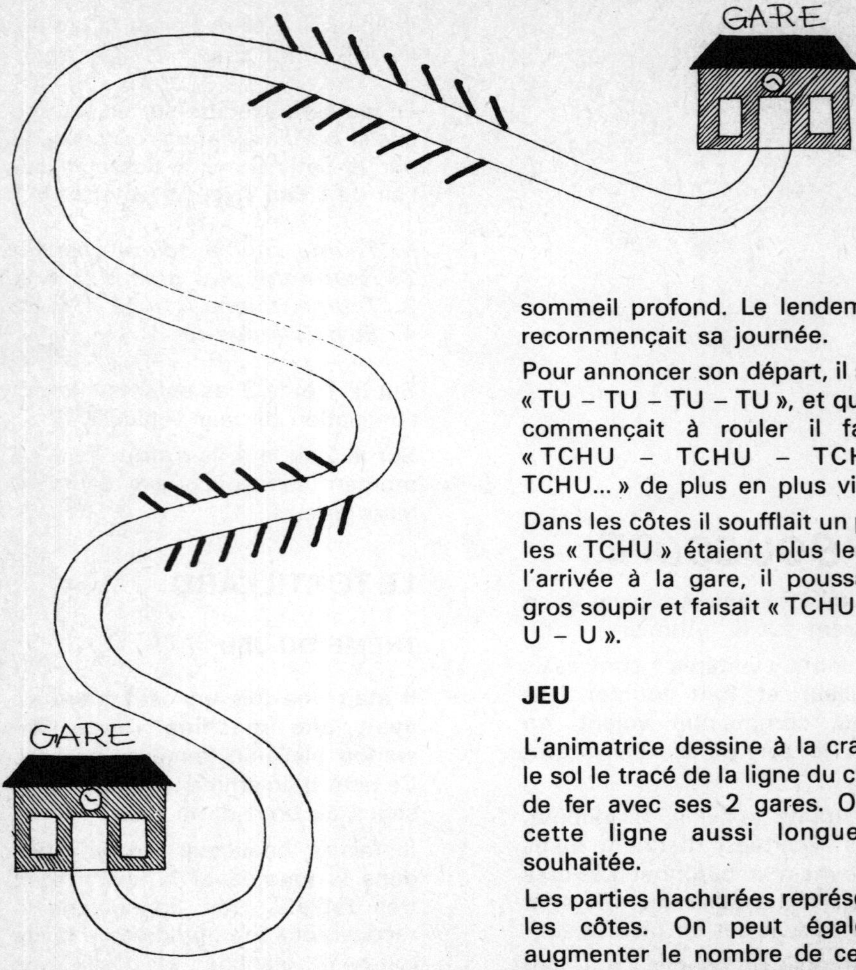

sommeil profond. Le lendemain il recommençait sa journée.

Pour annoncer son départ, il sifflait « TU – TU – TU – TU », et quand il commençait à rouler il faisait : « TCHU – TCHU – TCHU – TCHU... » de plus en plus vite.

Dans les côtes il soufflait un peu et les « TCHU » étaient plus lents. A l'arrivée à la gare, il poussait un gros soupir et faisait « TCHU – U – U – U ».

JEU

L'animatrice dessine à la craie sur le sol le tracé de la ligne du chemin de fer avec ses 2 gares. On fera cette ligne aussi longue que souhaitée.

Les parties hachurées représentent les côtes. On peut également augmenter le nombre de celles-ci suivant la longueur du tracé.

Former le train avec 4 ou 5 enfants par wagon (pas plus, sinon le train aura quelques difficultés à évoluer). S'il y a davantage d'enfants, former 2 trains qui évolueront à tour de rôle.

Au départ, les enfants placent leur main droite sur l'épaule du joueur qui est devant eux. De l'autre main ils tiennent un ruban continu aux couleurs des 3 wagons et de la locomotive (voir croquis).

L'animatrice imite le sifflet de départ (on peut utiliser un vrai sifflet). A ce moment les enfants partent et scandent les TCHU – TCHU. Sur les parties rayées qui représentent les côtes, ils doivent ralentir le rythme.

Côtes : 1 2 3 4 1 2 3 4

TCHU – U TCHU – U TCHU – U TCHU – U

Parcours : 1 2 3 4 1 2 3 4

TCHU TCHU TCHU TCHU TCHU TCHU TCHU TCHU

Arrêt : 1 2 3 4

TCHU U U U

Avant de commencer le jeu, faire répéter aux enfants les différents rythmes des TCHU.

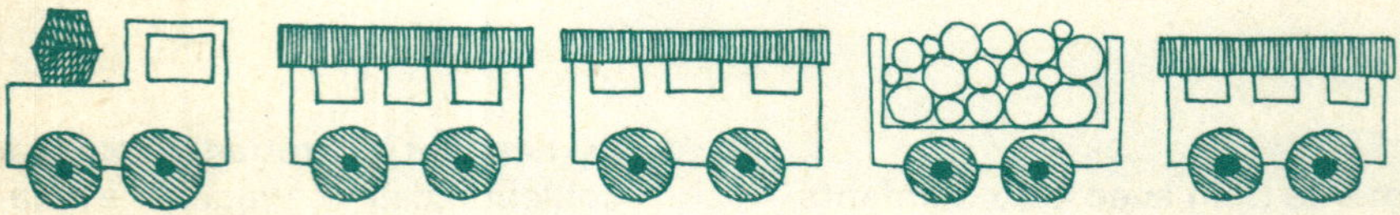

LE MÉTRO-SERPENT.

Comptine

Au fond du tunnel noir
Deux yeux luisants...
Est-ce un serpent ?
Du fond du tunnel noir
Arrive en rampant...
Le métro-serpent.

JEU

Diviser les enfants en 3 groupes :

Premier groupe : le tunnel (décor).

Deuxième groupe : le métro (exécutants).

Troisième groupe : les voyageurs (rythmes).

Premier groupe : mettre les enfants face à face se tenant les mains le plus haut possible pour former la voûte du tunnel.

Deuxième groupe : mettre les enfants à genoux, mains au sol, les uns derrière les autres. Bien leur apprendre à avancer ensemble le même bras et la même jambe. Les enfants peuvent scander « droit », « gauche », etc.

Troisième groupe : le séparer en 2. Les placer de chaque côté après le

tunnel. On peut leur donner le nom de quai A et quai B. Le quai A rythme *« métro »*. Le quai B rythme *« serpent »*.

L'animatrice peut utiliser différents rythmes ensemble pour A et B, ou alternatif, ou en canon (se reporter aux pages de « rythmes »).

Puis changer les enfants de rôles : le « métro » devient « tunnel », etc.

LE JARDIN JOLI

THÈME DU JEU

Il est midi, le soleil brille. Dans le ciel bleu un joli papillon blanc vole de fleur en fleur.

Tout à coup, il aperçoit une belle, très belle rose rouge. Il s'approche tout doucement et lui dit en la saluant :

« Permets-tu, jolie rose, que je me pose sur tes pétales de velours ? Je suis si léger que je ne te ferai aucun mal.»

La rose permet au papillon de se

poser sur elle. Et ce papillon blanc sur la rose rouge, c'est si joli sur le fond de ciel bleu que tous les petits oiseaux se mettent à chanter : « Joli... joli... joli ».

Attiré par ce concert, le chien sort de la maison et se couche au soleil. Le museau sur ses pattes, il écoute et sourit à ses amis les oiseaux, les fleurs, les papillons, et pense qu'il est très beau le jardin de Mamy.

JEU

L'animatrice divise les enfants en 3 groupes un peu éloignés les uns des autres.

Le premier groupe travaille avec l'animatrice et chante :

jo-li – jo-li

1 – 2 – 3 – 4

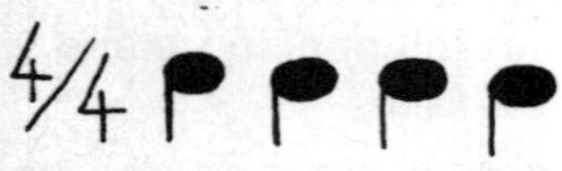

Quand le groupe 1 sait bien son chant, l'animatrice les arrête et passe au groupe 2.

Groupe 2 : *jo-o- li - i*

1–2–3–4

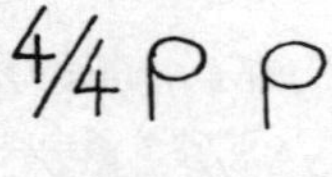

Même travail avec le groupe 3 qui chantera :

joli–joli – joli–joli

1 – 2 – 3 – 4

Quand les 3 groupes sauront bien individuellement leur partie, l'animatrice choisira dans chaque groupe l'enfant le plus doué qui devient chef de file.

L'animatrice revient au premier groupe, reprend avec les enfants quelques mesures de *« jo–li jo–li »*, passe au deuxième groupe et les entraîne à chanter *« jo–o li–i »*, pendant que le premier groupe continue avec son chef de file.

L'animatrice passe ensuite au troisième groupe et les entraîne à chanter *« joli – joli – joli – joli »*, pendant que le premier et le deuxième groupes continuent.

Remarques : Ce jeu peut être simplifié en ne prenant que 2 groupes.

Il peut aussi y avoir une partie « rythme », une partie « geste » :

quelques enfants sélectionnés à l'avance seront les oiseaux qui volent, ils se déplaceront en serpentin autour des 3 groupes, mains aux épaules, sur une petite course (voir croquis).

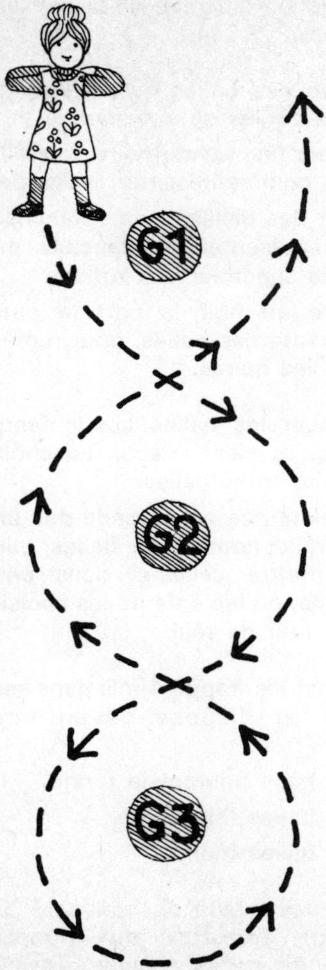

LA FAMILLE « NOTES »

HISTOIRE RYTHMÉE

Il était une fois un Monsieur qui s'appelait Monsieur **Ronde.** Par un beau jour d'été, il épousa une très jolie jeune fille qui portait toujours des robes blanches avec une ceinture noire et qui s'appela Madame **Ronde.**

Monsieur et Madame **Ronde** eurent 2 enfants, 2 jumelles : Blandine et Blanchette, mais tout le monde les appelaient toujours les « demoiselles **Blanches** ». Comme leur maman, Madame **Ronde,** elles s'habillaient toujours de robes blanches, mais elles ne portaient pas de ceinture noire.

Un jour de vacances, dans un pays lointain, les demoiselles **Blanches** rencontrèrent un petit garçon **noir** qui pleurait assis au bord d'un trottoir.

– Pourquoi pleures-tu, petit garçon **noir** ? demandèrent les demoiselles **Blanches.**

– Parce que je n'ai ni Papa, ni Maman, mais j'ai 3 petits frères à la maison qui pleurent parce que nous n'avons plus rien à manger.

Les demoiselles **Blanches** prennent doucement la main du petit garçon **noir.** Ils vont chercher les 3 petits frères et reviennent vite auprès de Madame **Ronde** qui est très heureuse d'avoir 4 garçons. En rentrant de promenade Madame **Ronde** les appela les « 4 garçons **noirs** ».

JEU

L'animatrice, avant de lire l'histoire, demande aux enfants de frapper 4 fois dans leurs mains quand elle prononce le mot **Ronde,** 2 fois au mot **Blanche,** et une fois au mot **Noir.** Ces mots sont indiqués en gras sans le texte.

L'animatrice aidera les enfants en s'arrêtant légèrement à chaque énoncé de note.

VARIANTES

AVEC DES BALLES

Voici un autre jeu, un peu plus difficile, sur l'histoire de la Famille « Notes ».

Prendre des balles de ping-pong, ou des boules de polystyrène.

Dessiner une bande noire en plein centre pour représenter la **Ronde.**

Garder des balles toutes blanches pour représenter les **blanches,** en nombre supérieur aux rondes.

Peindre en noir la part la plus importante des balles, pour représenter les **noires.**

Distribuer les balles aux enfants pour qu'ils aient chacun un choix des différentes balles.

Si l'animatrice ne possède pas un très grand nombre de balles, elle peut mettre celles-ci dans une corbeille, où les enfants les choisiront à tour de rôle.

L'animatrice frappe 4 fois dans ses mains et dispose devant les enfants :

soit 1 balle figurant la ronde,

soit 2 balles (blanche),

soit 4 balles (noire).

Quand les enfants ont bien saisi, ils doivent apporter eux-mêmes (parmi les balles en leur possession ou en puisant dans la corbeille) les balles correspondant aux frappes.

POUR LES PLUS GRANDS

Ce jeu peut devenir encore plus difficile pour les plus grands :

L'animatrice frappe 4 temps.

Les enfants peuvent donner soit 1 balle « ronde »,

soit 1 balle « blanche » et 2 balles « noires ».

Pour une frappe à 3 temps ils apporteront soit 1 balle « blanche » et 1 balle « noire ».

soit 3 balles « noires ».

Pour une frappe à 2 temps ils apporteront soit 1 balle « blanche »,

soit 2 balles « noires ».

Quand le jeu et la valeur des balles (ou notes) sont bien compris, essayer d'aller de plus en plus vite et de mélanger les rythmes (c'est-à-dire de passer de 2 à 3 temps, revenir à 2 temps, passer à 4 temps, etc.).

Remarques : Rappel de la valeur des notes de cette histoire :

1 Ronde vaut 2 Blanches ou 4 Noires.

1 Blanche vaut 2 Noires.

Volontairement nous n'irons pas plus loin dans la valeur des notes. Il en sera de même pour les mesures qui resteront toujours 2/4, 3/4 ou 4/4.

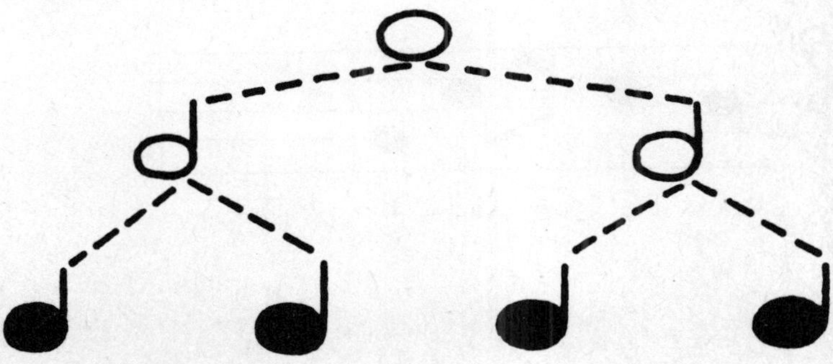

LA GAMME. Chant rythmé

JEU

Les enfants, numérotés 1 et 2, sont disposés sur le cercle comme indiqué au croquis 1, en se faisant vis-à-vis.

A chaque énoncé de notes, ils font un demi-tour sur l'intérieur du cercle et se retrouvent face au joueur à qui ils tournaient le dos.

Attention, sur la première note les nº 1 tournent sur leur gauche, et les nº 2 sur leur droite. A l'énoncé de la seconde note ils reprennent en sens inverse leur position première.

A *Je suis dans l'eau,* tous les enfants s'asseoient en tailleur face à l'intérieur du rond (2).

DO – RÉ,
C'est l'été.
RÉ – MI,
Mon ami.
MI – FA,
Le p'tit chat.
FA – SOL,
Tournesol.
SOL – LA,
Ah ! Ah ! Ah !
LA – SI,
A bien ri.
SI – DO,
Je suis dans l'eau.

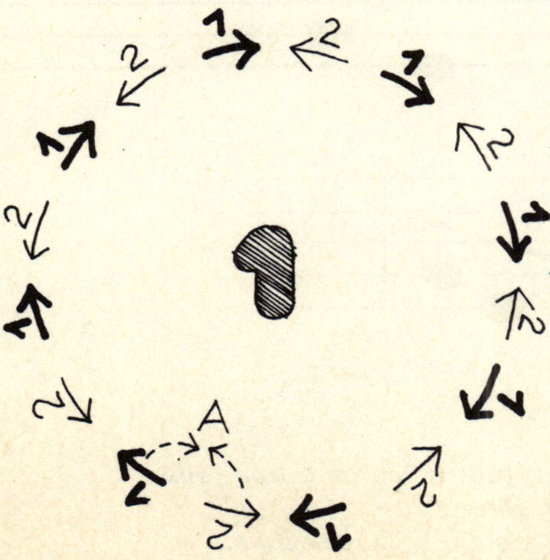

LA GIRANDOLE. Chant rythmé

2. *Tourne, tourne, tourne, comme une folle*
3. *Vire, vire, vire, girandole*
4. *Souffle, souffle, souffle, joyeux Eole.*

JEU

Disposer les enfants sur une ligne, face à l'animatrice, un de face, un de dos.

Sur le premier vers, les enfants inversent leur position.

Sur le deuxième, ils se mettent en cercle et tournent à « comme une folle ».

Sur le troisième, comme pour le premier ils inversent leur position.

Sur le quatrième tous soufflent, le buste penché en avant.

LE BEAU PAON

Comptine rythmée qui est présentée ici pour être jouée en jeu spectaculaire.

JEU

Les enfants sont disposés sur la scène en quinconce suivant le croquis 1. Placer seul à l'avant l'enfant qui a le mieux assimilé les mouvements et qui, de cette façon, servira de guide-modèle aux autres.

De chaque côté, en avant-scène, sont placés les récitants 1 et 2 qui alterneront la récitation des vers. Ces rôles seront tenus par 2 enfants capables de dire (ou de lire) correctement le texte. Si cela s'avère impossible, prendre 2 enfants nettement plus âgés.

Tous les autres enfants tiennent en main un éventail réalisé et décoré comme indiqué ci-dessous.

COMPTINE

Animation	Texte	Récitant
A	*Pan, c'est un paon,*	1
	Que tu es beau, mon paon !	2
	Pan, c'est un enfant,	1
	Je t'aime mon paon.	2
B	*Paon, mon beau paon*	1
	Qui resplendit dans le soleil,	2
	Sauve-toi, mon paon qui m'émerveille	1
C	*Pan ! Pan ! Pan !*	2
	Ce n'est plus un enfant ;	1
	Pan ! Pan ! Pan ! Pan !	2
	Ils ont blessé mon beau paon	1
D	*Ferme tes yeux de plumes ;*	2
	Dors, mon beau paon,	1
	Bien loin des méchants.	2

A l'ouverture du rideau, tous les enfants cachent leur visage, avec l'éventail tenu de la main droite.

A : Eventail devant le visage (2).

Découvrir le visage en basculant l'éventail vers la droite (3).

Revenir devant le visage (4).

Basculer l'éventail vers la gauche (5).

B : Faire un grand cercle devant soi, bras tendu (6).

Refaire le cercle dans l'autre sens (7).

Arrêt de l'éventail devant le visage (2).

2

3

4

5

6 7

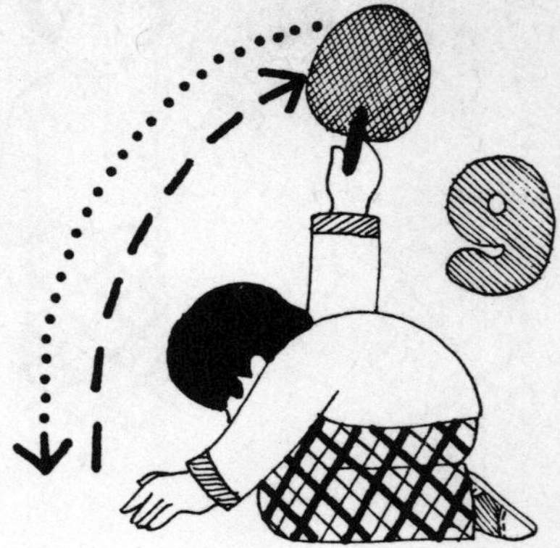

C : Passer sur le genou droit, au sol (8).

Réunir avec le genou gauche.

Baisser le buste tête au sol, en gardant l'éventail levé vers le public (9).

D : Rabattre l'éventail au sol.

S'allonger doucement au sol, jambes légèrement fléchies (10).

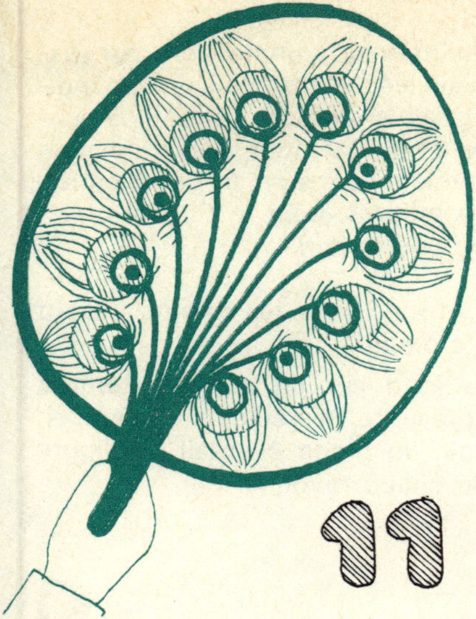

L'ÉVENTAIL

Il est peint ou réalisé en papier découpé sur une forme ovoïde en papier fort (11).

Prévoir 2 formes par éventail, qui seront contrecollées sur un carton qui servira de support et donnera une certaine rigidité.

Une petite baguette peinte en noir est glissée et collée entre le carton et le papier de l'éventail. Elle sert de poignée et permet aux enfants de manipuler l'objet.

LE 14 JUILLET

Ce jeu, également très spectaculaire, est encore plus élaboré que le précédent. De plus, il a le grand avantage de permettre de faire jouer un nombre important d'enfants.

Il se présente en 2 parties :

- La fête du jour : une histoire animée qui peut être travaillée en cours d'année.
- La fête de nuit : une suite pouvant s'enchaîner au jeu précédent pour servir à une représentation de fin d'année.

La fête du jour

HISTOIRE

Les « M » entre parenthèses indiquent un son musical qui déclenchera le mouvement des enfants.

Un joli matin d'été, le soleil se réveille de très bonne humeur **(M).** Il est tout joyeux et, en regardant sur la terre, il aperçoit dans un champ un bouton de marguerite qui a très froid.

Aussitôt il dirige sur elle un chaud rayon **(M)** et la marguerite s'épanouit **(M).** Elle déplisse sa jupe de pétales blancs et découvre son cœur tout doré.

Elle est si jolie ainsi que le bouton de bleuet **(M),** son voisin, s'ouvre lui aussi pour montrer sa jupe bleue toute découpée et découvrir son cœur sombre.

Le soleil, tout ravi de son exploit, regarde son calendrier : c'est justement le 14 juillet. Il réchauffe doucement le bouton de coquelicot **(M)** qui déplisse sa jupe rouge et dévoile son cœur noir.

Tout est prêt pour la fête !

ANIMATION

L'animatrice commencera par disposer les enfants suivant les indications ci-dessous, avant de leur lire l'histoire (qui sera lue une première fois sans la participation des enfants, pour qu'ils aient bien compris le jeu).

Mettre en place les enfants suivant le croquis 1.

Au fond sur un cube un enfant représente le « soleil ». Il tient en main un grand éventail qui figure « le chaud rayon ».

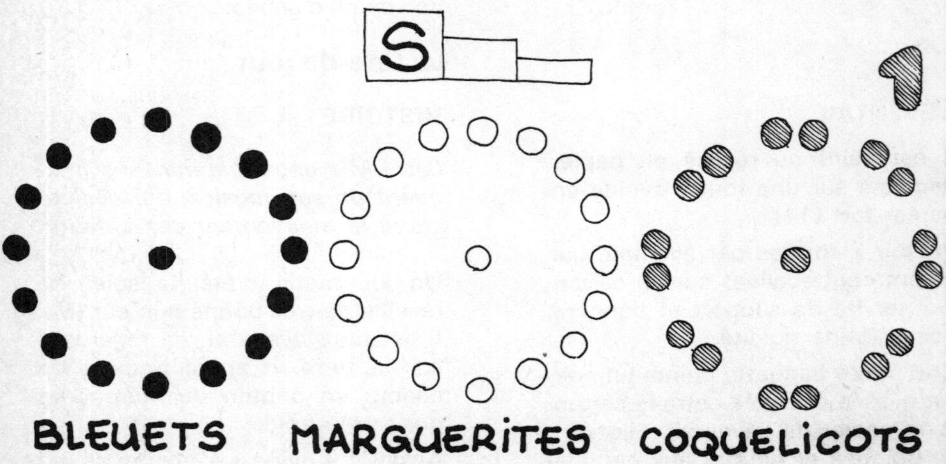

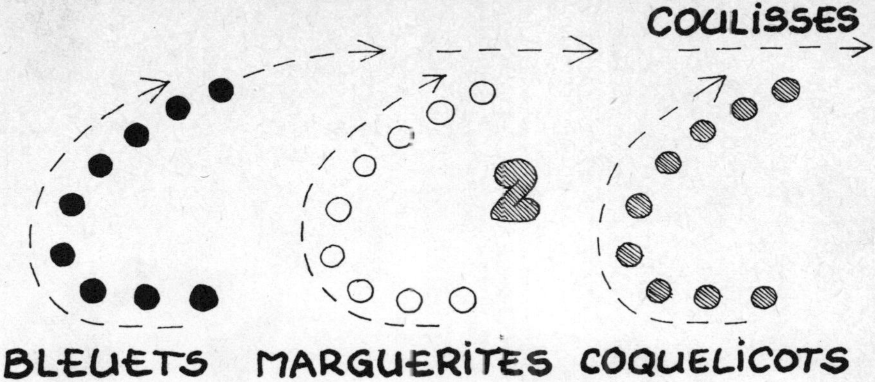

Les autres enfants seront répartis en 3 groupes représentant les 3 fleurs (prévoir un nombre pair). Au centre de chaque fleur un enfant sera le cœur de la fleur.

Au début du jeu, tous les enfants sont assis en tailleur, tête baissée.

L'animatrice, utilisant soit un harmonica, soit un pipeau, joue un son très prolongé à chaque signe **M** figurant dans le texte.

Au premier **M** le « soleil » se lève et s'étire comme s'il s'éveillait. Au second, il tend son « rayon » vers la « marguerite ».

Au troisième **M** les enfants figurant la « marguerite » se lèvent et entourent l'enfant-cœur qui se lève en dernier.

Même mouvement pour le « bleuet » et le « coquelicot » (pour ce groupe les enfants se donnent la main 2 par 2).

Note : La personne qui dira (ou lira) l'histoire aura soin de le faire lentement en prévoyant même des poses pour laisser aux fleurs le temps de s'épanouir.

Lorsque l'histoire est terminée, les enfants sortent en se donnant la main, conduits par leur « cœur », et se déroulent suivant le croquis 2 pour partir vers les coulisses : en premier les « coquelicots », puis les « marguerites » et enfin les « bleuets ».

Lorsque tous les enfants sont

sortis, le « soleil » descend à son tour et se dirige vers les coulisses.

La fête de nuit

Si l'on désire prolonger le jeu, on le poursuivra de la façon suivante.

Laisser sortir les 3 fleurs.

Tandis que le « soleil » descend de son cube, entrent la « lune » suivie d'« étoiles » (plus ou moins suivant le nombre d'enfants que l'on désire mettre en jeu).

En se dirigeant vers les coulisses le « soleil » rencontre à mi-chemin la « lune », suivie des « étoiles ». Ils se saluent, et la « lune » ainsi que les « étoiles » prennent la place du « soleil » (3).

Pendant ce temps, en coulisses, les enfants qui figuraient les fleurs se regroupent pour rentrer en scène :

soit par 2 et 1 : un « bleuet » avec une « marguerite » suivis d'un « coquelicot », etc. (4),

soit 2 par 2 (5) : tous les « bleuets »

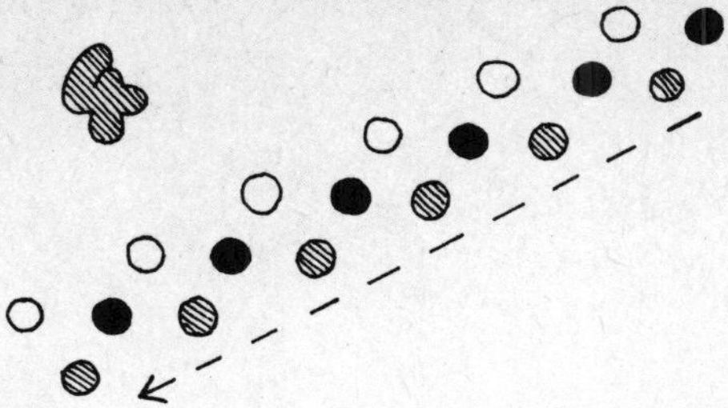

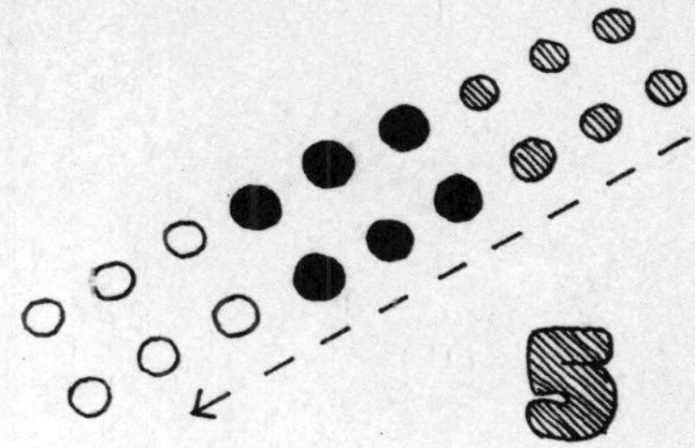

par 2 puis toutes les « marguerites » par 2, et enfin tous les « coquelicots ».

Tous tiennent un lampion (non allumé) accroché à un bâton.

Ils traversent la scène en diagonale pour venir former un demi-cercle face au public, en balançant les lampions de gauche à droite (6).

Arrivent alors les « pétards » en courant et en sautant. Ils sortent de toutes les coulisses simultanément et viennent se placer devant le demi-cercle formé par les fleurs (7).

Ils exécutent alors 3 petits sauts pieds et mains au sol, se relèvent en criant « PAN ! PAN ! » (faire crier tous les enfants) bras et jambes écartés (8), puis ils retombent accroupis et recommencent 5 fois.

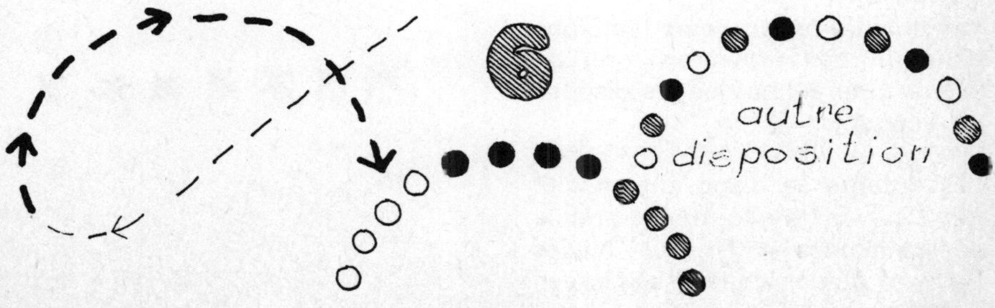

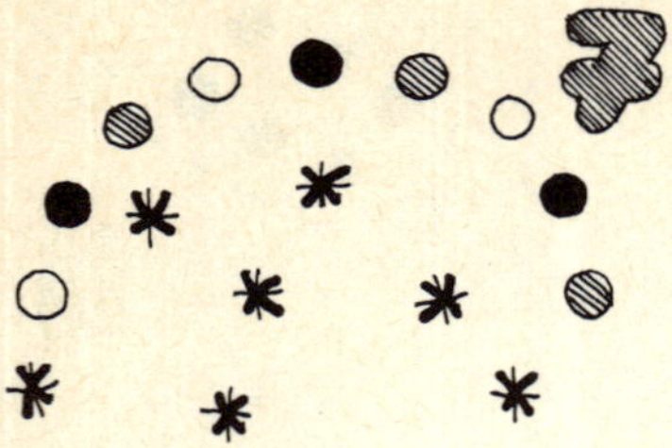

En faisant ces sauts ils avancent progressivement afin de se retrouver au dernier saut en ligne sur le devant de la scène (9), où ils restent accroupis au sol, sans bouger.

Les enfants qui tiennent les lampions partent en escargot enroulé et déroulé (10) et vont se ranger sur une ligne en fond de scène.

Les « pétards » se lèvent et les rejoignent.

Les enfants posent leurs lampions dans un bac prévu en fond de scène. Une animatrice les dispose en bouquet.

Les enfants se disposent ensuite par 2 suivant une formation prévue en quinconce (11). Les places peuvent être marquées sur le sol.

PÉTARD

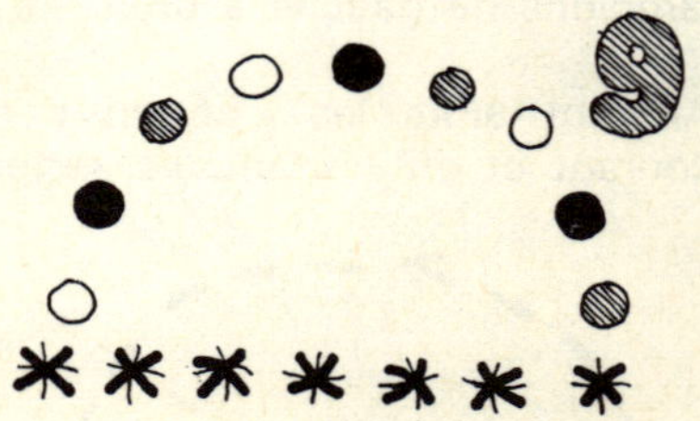

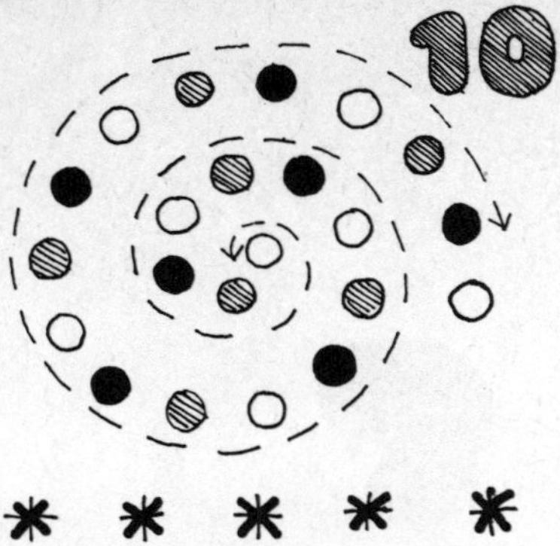

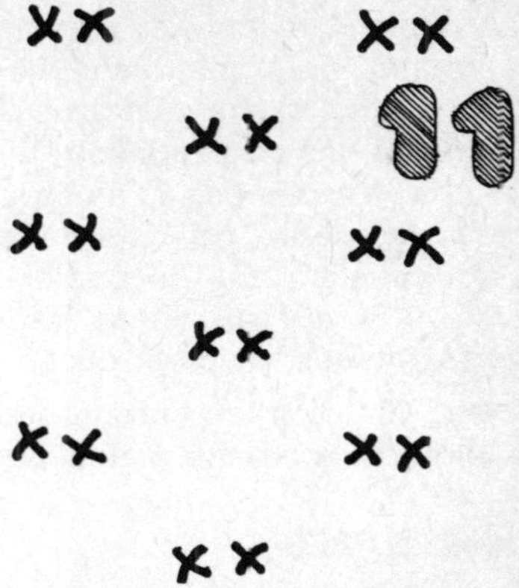

Tous dansent par 2 en se tenant main droite à main droite et en changeant de place.

La « lune » et les « étoiles » s'endorment sur leurs cubes pendant que le « soleil » apparaît en bord de scène et que le rideau descend.

Quelques indications pratiques

MUSIQUE D'ACCOMPAGNEMENT

Eventuellement on peut prévoir un fond musical adapté aux différents moments du jeu :

musique légère et gaie pendant l'histoire du début,

musique calme et douce pendant la transition entre le jour et la nuit,

musique très vive et sautillante pour la fête finale.

MATÉRIEL ET ACCESSOIRES

- 3 cubes de différentes tailles à assembler pour former un escalier.
- Pour le soleil : Un grand éventail rond en papier plissé jaune (se trouve facilement dans le commerce). A défaut, le fabriquer avec un rond de carton collé sur une baguette ; peindre le rond de rayons jaunes et rouges.
- Pour la lune : Une silhouette de croissant de lune découpée dans du papier d'argent ou du papier métallisé, collée sur carton et agrafée sur une baguette.

● Pour les étoiles, s'inspirer du croquis 3. Etoiles découpées dans du papier argent ou métallisé. Les queues des comètes sont faites de « cheveux d'anges » ; à défaut, faire un faisceau de fines lamelles découpées dans du papier ménager. Fixer sur des baguettes assemblées en croix ou en « T ».

● Pour tous les enfants-fleurs : 1 lampion accroché à une perche.

COSTUMES

LE SOLEIL (12)

Pull et short orange.

Chaussettes ou socquettes jaunes. Chaussons orange.

Cape en papier crépon jaune et orange plissé (on peut utiliser du crépon double face).

12

LES BLEUETS (13)

Pull ou tee-shirt bleu pâle.

Jupe et coiffure en papier crépon découpé irrégulièrement.

Chaussettes ou collants, et chaussons bleus

LES MARGUERITES (14)

Pull blanc.

Pétales de la jupe et de la coiffure en papier crépon blanc.

Ceinture en papier crépon vert.

Chaussettes ou collants verts, chaussons blancs.

Serre-tête de la coiffure en papier crépon vert.

LE COQUELICOT (15)

Pull rouge.

Jupe à pétales (très larges) en papier crépon rouge.

Coiffure en papier crépon rouge.

Chaussettes et chaussons rouges.

Pour les 3 coiffures il faudra utiliser le papier crépon en feuilles doubles contrecollées.

LES 3 CŒURS DE FLEURS (16)

Tee-shirt, short et chaussettes verts pour le bleuet, jaunes pour la marguerite, noirs pour le coquelicot.

LA LUNE (croquis 3)

Pull et short bleu pâle.

Cape plissée comme le soleil en 2

16

tons de bleu (crépon double face).

Collants et chaussons bleu pâle.

LES ÉTOILES (croquis 3)

Pull et short bleus.

Cape en tarlatane bleu pâle plissée sur laquelle sont collées des étoiles découpées dans du papier argent.

Collants et chaussons bleus.

LES PÉTARDS (8)

Pull et short blancs avec des broderies en laine mèche noire.

Epaulettes, pompons et coiffure en franges de papier découpé de toutes les couleurs.

Table des matières

Imprimé en France par Pollina 85400 Luçon - N° 2721
Dépôt légal : 2e trimestre 1979
N° Édition : F 79070
ISBN 2-215-00279-4
ISSN 0336-2907